宿舍大逃亡
衛生突擊檢查
04
Dormitory Escape
火茶 著

六〇六寢室床位配置圖

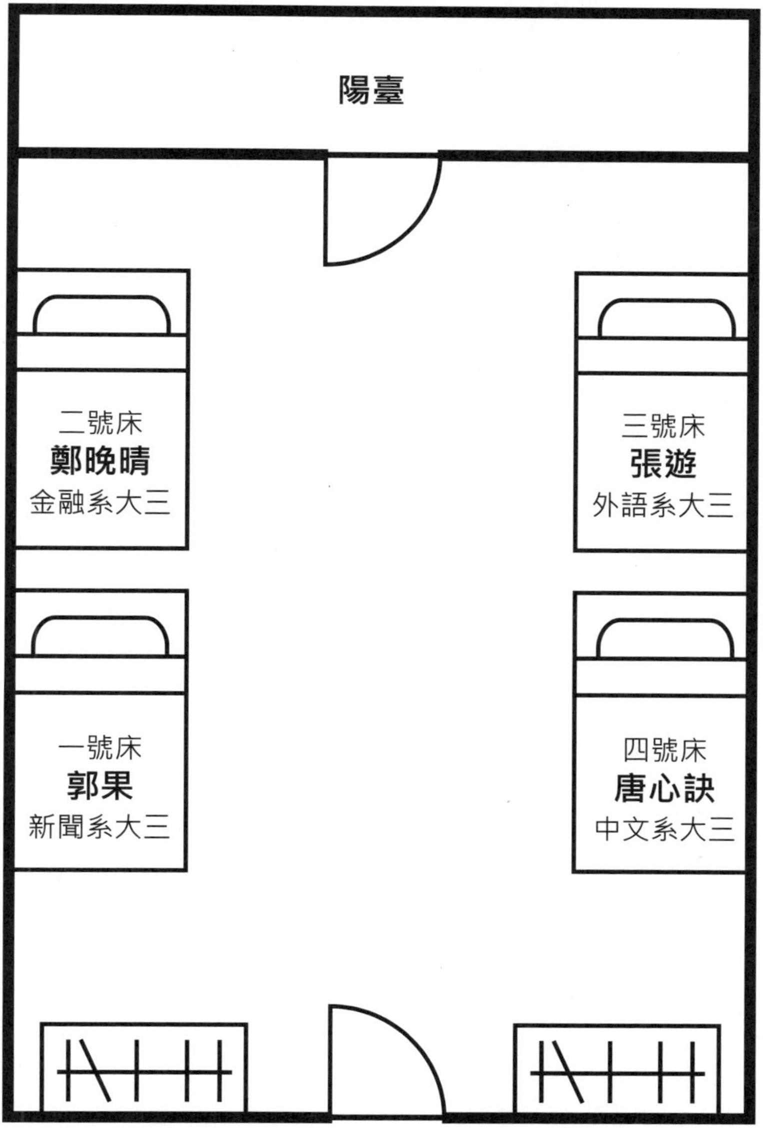

已知的副本資訊——九一七寢室床位表

床位	姓名	床位	姓名
1號	唐心訣	9號	郭果
2號	蔣嵐	10號	
3號	珂珂	11號	
4號	鄭晚晴	12號	
5號		13號	
6號		14號	歐若菲
7號		15號	
8號	張遊	16號	阿念

目錄
CONTENTS

第一章　妳有聽見我的哭聲嗎？

「既然我們現在正體驗這間寢室原本的學生生活，那麼我認為，原本學生經歷的危險，很可能也是我們會面對的。」

蔣嵐斟酌片刻，將自己的想法說出。

其他人都很贊同。

張遊道：「我有一個猜測，我們現在所在的空間，會不會就是原本生活在這裡的學生們的『記憶』？」

原學生的記憶裡，九樓被封鎖無法出去，又因為長期挨餓精神磨損，她們連樓梯的模樣都忘記了。

——而此刻眾人目之所及，走廊裡只有封死的牆，根本沒有出去的樓梯。

十號質疑：「但如果是記憶，為什麼教職員、學生會這些危險ＮＰＣ沒有露面？」

她室友接話：「難道是因為原學生們太害怕，所以把這些角色模糊掉了？」

「不出現就不是危險，欸，這不就與蔣同學的觀點矛盾了嘛。」

「等等，妳們是不是把原學生想的太好了？它們要是好心替我們避開教職員，怎麼不乾脆把我們放出去？我反而覺得，一切都是原學生的陰謀……」

「沒錯，」獨來獨往的七號冷冷道：「我不相信有好心的ＮＰＣ，甚至連人類也無法輕易信任。」

而另一個同樣孑然一身，卻被眼刀掃射到的歐若菲：qwp。

話題開始偏移到記憶原主究竟是幕後黑手還是背景板上，各執一詞爭論不休。不善分析的人如鄭晚晴、五號六號姐妹已經兩眼發直，腦袋嗡嗡作響。而有能力分析的人中，只有唐心訣和郭果沒參與討論。

郭果小臉蒼白，試圖提醒眾人：「沒人記得九一九和九二一的鬼嗎？那可是鬼啊！」

其他學生驚訝地看著她：「妳不是有陰陽眼麼，竟然怕鬼？」

她們記得，郭果可是除了唐心訣以外，唯一能在記憶裡看到畫面的人，甚至連鬼的模樣都分毫畢現全部寫了下來。結果她自己竟然怕鬼？

郭果：「……陰、陰陽眼就不能怕鬼麼！」

異能是異能，情感是情感，她這叫做公私分明！

不過經過郭果提醒，眾人也意識到了這一點。

她們需要提防的，可遠遠不只教職員。

此前對走廊的查看，在發現其他兩扇寢室門緊鎖後就沒再繼續。現在眾人再次來到這裡，看到灰撲撲毫無動靜的寢室門，莫名讓人有些害怕。

鄭晚晴直接推了一把，搖頭：「鎖死了，推不開。」

打不開門，她們自然無法查看裡面的情況。

「如果把門劈碎，或者燒開呢？」五號躍躍欲試。

珂珂很無語：「妳們能不能長點腦子。破壞副本的利弊和後果有分析過嗎？哪個考試是靠暴力拆遷通關的？」

鄭晚晴想了想：「我們上次考試。」

只不過拆的不是門，而是一棟房子。

珂珂：「……」

幾分鐘後經過一番商量，她們還是決定不暴力破壞。因為現在鬼怪尚未露面，不確定攻擊性，萬一門一開，裡面十幾個陰森森的鬼頭排隊等著，就有些尷尬了。只能先把這件事記下，加強警戒。

重新把走廊丈量了一遍，沒有任何收穫，一行人不免有些沮喪。再加上肚子咕咕叫，張遊提議：「不如先回去休息一下，吃個午飯吧。」

聽到午飯，氣氛忽然沉默下來，眾人臉色有些複雜。

張遊一愣：「妳們不餓麼？」

「餓確實是餓。」蔣嵐苦笑，「可另一個更嚴重的問題是，我們吃什麼？」

九一七裡的確有兩盒尚未拆開的未過期泡麵，可這是副本本土物品，她們不敢吃。

可除此之外，她們沒有口糧可以填肚子。

六〇六寢室對此面面相覷，張遊很驚訝：「妳們進考試不帶食物物資？」

「……我們也是第一次知道，進考試需要帶物資。」

經過解釋，原來其他人以前進的考場都是自己寢室，外景經驗屈指可數，也忽視了需要長期抗戰的可能性。

「沒關係。」

和室友對視一眼，張遊在眾目睽睽之下，從口袋裡掏出了兩大袋餅乾：「我們有。」

壓縮餅乾就著一小杯水，輪流傳到每個人手中，充當忙碌一上午後的午飯。

餅乾和水是張遊提供的，原本一大袋分成十六份後，每人手裡只有一小塊。蔣嵐寢室則貢獻出一包調味料，放在水裡可以當沖泡湯喝。

其他寢室沒提前準備食物，作為被幫助的對象十分不好意思，只能連聲道謝。

幾個小時合作下來，眾人對彼此的戒備心已經降了很多。遊戲降臨前，大家都只是普通大學生，防備與警惕都是被考試逼出來的。

戒心散去，話匣子就打開了。

「其實一開始睜眼看到這麼多床上全是人，我以為都是NPC，差點沒原地去世。」

十一號是她們寢室四人裡面比較健談的，一邊小口啃餅乾一邊感慨：「沒想到有生之年，竟然是以這種方式見到其他學校的同學。」

天南海北，原本八竿子打不著的大學生匯聚在同一場考試裡。雖然彼此並不認識，卻莫名有種難兄難弟的親切感。

「其實我一開始險些喜極而泣，要不是冷靜下來，可能比歐同學的反應還要激烈。」五號長嘆一口氣，舉起小紙杯：「遊戲危險，考試不易，大家見面就是有緣，一起吃飯就是朋友了。相信我們齊心協力，一定能安全通關考試！」

歐若菲淚汪汪眼汪汪把湯一飲而盡，然後被鹹得咳嗽了半天：「咳咳，雖然我沒有大家這麼厲害的能力，但是，咳，我一定會認真做任務，不拖大家後腿。」

一番聊天下來，眾人終於知道了歐若菲獨自一人的原因。

她所在的寢室本來是四人寢室，其中一個室友實習搬了出去，只剩下三人。而在遊戲降臨那天，歐若菲剛好在一樓領快遞。黑暗中她不敢動彈，在快遞架下躲了兩個小時才鼓起勇氣，等她踩著最後的倒數計時推開門那刻，卻看見室友被黑色膠狀物覆蓋的驚恐表情，以及消失後地面上兩灘黑色液體。

「當時我嚇昏了過去，不知道遊戲是怎麼判斷人數的，只知道再睜開眼睛，就莫名其妙進了一個什麼考核。好像有一隻看不清臉的男鬼，一進門就喊走錯了這是女宿。然後又來了一個女鬼，結果走了一圈後又自言自語說什麼人數不對，又離開了。」

歐若菲滿臉惆悵：「然後考核就結束了，我得了六十分剛好及格。」

「然後呢？」

眾人升起好奇心。

「然後，然後就是現在了。」歐若菲害怕道：「我一個人，什麼都不會又沒有武器，根本不敢參加考試。後來因為一個人實在太孤單又害怕，就點了考試，然後進了這裡。」

眾人：「……」

原來這位是鹹魚躺過來的？

要說倒楣，一命躺到現在不得不說歐氣爆棚。

但要說幸運，開局隊友就盡數下線，獨自一人無依無靠，也可以說是很慘了。

因為毫無經驗，怪不得這麼沒警惕心，差點被開局殺。

「這個我倒是理解。如果我自己一個人在寢室，也會想著逃避。」

郭果頗有同感，阿念也是如此。膽小人員互相碰了個杯，才發現杯裡已經沒湯了。

「唉，」郭果哀嘆一聲，「我感覺我們現在過的比這個詐騙大學的學生還要慘。」

唐心訣笑了笑，沉默了不知多久後第一次開口：「至少我們還活著。」

「只要還活著，就有希望。而已成定局的事情，卻無法再改變了。」

她能感受到記憶中的情緒，不只是恐懼，還有貫穿了整段記憶的悲傷。

尤其是黑霧出現時，那股濃濃的不捨與悲哀。

這是死者對人間的懷念，哪怕是痛苦和折磨的記憶，也好過……

一陣刺痛在腦中迸發，唐心訣不易察覺地抹了下嘴角，將喉嚨裡的腥甜咽下。

沉浸在鬼怪的視角和情緒中，對她的損耗比想像中還要大。但也因此，讓她額外得到了一些不為人知的資訊。不只是這場副本，還關於整個遊戲。

『心訣，我感覺妳這兩個小時好像格外沉默。』張遊在腦海中輕輕敲了敲她。

唐心訣垂下眼眸：『我在觀察。』

時間過的很快，聊了幾句，又溝通了下情況，食物就吃完了。

眾人收拾了一下，再次離開寢室檢查，看有沒有異常變動。

從洗手間、走廊到兩扇緊閉的門，一如往常沒有變化。

然而就在她們回去時，變故陡生——

「啊！」

尖叫聲乍然響起，眾人悚然一驚。鄭晚晴斷臂上立刻浮現拳頭虛影，張遊掏出死亡帳本，五號姐妹則舉起玩具槍……所有人祭出自己的武器，跳開來如臨大敵對著兩扇門。

卻見九一九的門口，一個女生獨自站在原地，臉色蒼白冷汗淋漓。

是十三號。

她們對十三號的印象並不深，或者說對十一、十二、十三和十五號組成的整個寢室印象都不深。只知道十三和十五號都不怎麼說話，只安靜聆聽。

十一和十二號嚇得半死：「妳怎麼了？發生什麼了？」

十三號回過神來，連忙向眾人這邊跑，只是沒兩步就腿一軟跪了下去，聲音帶著濃濃哭腔：「我被門抓了一下！」

「鬼抓了妳？」

「我不知道是不是鬼，我沒看見，只知道我當時後背對著門，然後好像有一隻手突然抓了一下……」

十三號語無倫次轉過身，在外套後背上，一個白色手印赫然映入眾人眼簾。手印的大小形狀，對應一個纖細的女生手掌。

十五號走過去扶起她，十三號如同抱住浮木般抓著十五號的手，嘴唇發抖：「我，我不會死吧？」

「我什麼都沒看到。」郭果盯得眼睛都發痛了，也只搖搖頭：「在我眼裡，這就是兩扇普通的木門。」

既沒有抓住十三號的那隻白手，也沒有鬼影。

唐心訣探手抵住門板，冰涼觸感浸入掌心，縈繞著一絲揮之不去的陰冷——但也僅只於此。她的精神力無法滲入門板後方，就像有某種屏障隔絕了她的探測。

「所以現在找不到證據，我們無法確認門裡一定有鬼，也有可能是其他勢力的惡作劇，比如之前假裝舍監的那些『人』。」

七號抱著手臂站在走廊的另一端，銳利的目光釘在十三號後背，後者不自覺微微瑟縮。

幾秒後，七號移開目光，冷冷補充：「鬼怪把我們當做獵物，它們什麼事都做得出來。如果實力不夠對抗，就不要靠近一切可能隱藏著它們的地方。都是經歷過考試的人，還心裡沒數就是找死。」

十三號臉色慘白如紙。

珂珂嘖嘖：「沒想到啊，居然有人說話比我還欠揍。我還以為自己已經是惹人煩的巔峰了呢。」

阿念輕輕拽她袖子：「不要這樣……不要這樣說，妳很好的。」

氣氛一時有些死寂，十三號抱著十五號輕輕啜泣，另外兩個室友手足無措，她們的道具和能力對當下情況毫無用處，只能求其他人幫忙。

郭果安慰她們：「沒關係，至少我沒有在妳身上看到鬼。有可能是對方想攻擊妳但沒得手，這是幸運啊！」

十三號愁雲慘澹的表情緩和，道過謝後被室友扶著踉踉蹌蹌回寢室了。

剩餘的人找不到線索，也相繼離開，走廊裡只剩下唐心訣四人。

鄭晚晴撓了撓頭，「那個……十三號同學，她會有事嗎？感覺大家似乎不太願意說。」

雖然她不太能讀懂別人話外之意，卻也察覺到對於這件事，所有人都沒表現出明確態度。

然而正是這種不清不楚的感覺，讓人更加焦心。

唐心訣仍舊一手撐著門板，垂眸不知思索什麼。半晌回答：「有人認為她沒事，有人則認為她沒救了。每個人都有不同的答案，但對於當事人來說，這些都是沒意義的，她只能透過自己的視角來判斷。」

「而我們要思考的，是每件已發生之事代表的意義，比如……」

唐心訣與張遊郭果對視一眼，都從彼此眼中看到了同一個問題。

「為什麼，是十三號呢？」

一直到夜晚降臨，眾人每隔一個小時就去走廊檢查一次，或者分批看守九樓的不同區域，最後都一無所獲。

感。

晚飯依舊是張遊提供的餅乾，無法飽腹但聊勝於無，多少緩解了飢疲交加下的緊張

吃完飯，五號在自己儲物袋裡發現了一包不知什麼時候塞在裡面的牛奶糖，興沖沖每個人發了一個。

「現在牛奶糖可是稀有物品，在學生商城裡買也要花高價，我想囤都囤不到，沒想到這次來還能賺一顆。」

張遊開了個玩笑，眾人低低笑起來。

「那說好了，下次團體考試再見面，我帶兩大包牛奶糖，兩種品牌，不吃到蛀牙誰都不許通關！」

五號信誓旦旦拍拍胸脯，一不小心拍疼了，含著胸齜牙咧嘴：「不好意思，忘了鄙人有胸。」

連十三號都忍不住噗嗤笑出聲，笑聲在屋內連成一片。

「對了，同學，這個給妳。」歐若菲忽然取出一條項鍊，交給十三號，「商城介紹說它好像是什麼防護項鍊，我也不清楚好不好用，總之妳先戴著，萬一有用呢。」

十三號愣愣接過項鍊，眼眶頓時一紅：「謝謝……可我們不認識，我又沒幫過妳……」

早上歐若菲呼籲愛與和平遭到群嘲時，她一直冷眼旁觀，沒想到危難之時，歐若菲竟然願意把自己的防禦道具送給萍水相逢的她。

女生不禁抹眼淚：「……而且給我的話，妳怎麼辦呢？」

歐若菲：「沒關係，我還有一大把。」

說完，她解開衣領，露出裡面六七條一模一樣的防護項鍊。

十三號：「……」

眾人：「……」

她們的第一個念頭是：「妳從哪找到批發管道的？」

歐若菲解釋：「哦，這不是買的，而是那個瘋狂星期三活動時，我在陽臺門口撿的。」

原來那天早上她因為害怕，根本不敢下床看。在時間快結束時發現有幾個禮物盒砸在陽臺上，裡面擺著一堆防護項鍊。

「……」

真是人比人得死貨比貨得拋。同樣是被拉入遊戲，有的人苦命考試還口袋空空逛不起商城，而有的人躺著就能天上掉道具，個中差距著實令人心情複雜。

得到了防護項鍊，又反覆向郭果確認自己現在沒有「異常」，十三號這才小心翼翼上了床躺著，打算用睡覺把今天逃避過去。

眾人能理解她的做法，畢竟今天忙了一整天，大家都很累。但不能所有人同時睡覺——最後經過分配，決定由床位號一到八的人，每四人一組輪班守夜。

「那個我想問一下，為什麼只有床號前八的同學負責守夜？」歐若菲有點不懂：「這樣對妳們來說會不會有點不公平？」

一想到別人在輪番守夜，她卻在呼呼大睡什麼都不用做，這讓她覺得很內疚。

珂珂哼笑一聲：「親愛的，難道妳還沒看出床位序號的意思嗎？」

歐若菲瞳孔地震：「啊？床位序號竟然是有意義的嗎？」

可是她完全沒聽到有人說這件事啊，難道她度過了假的一天？

「好了珂珂，別逗歐同學了。」蔣嵐將女生從茫然中解救出來，啞聲道：「我們每個人的床位序號，很可能是我們在寢室裡的實力排名。」

實力越強的，序號越往前，實力越弱的，序號就越靠後。

從一天的相處，尤其是記憶過程中就能看出來。唐心訣雖然沒有展露自己的異能，實力卻被默認是寢室裡最強的。緊接著蔣嵐、珂珂等人列次其後。

完全沒有異能的歐若菲、阿念等人則墊底。

歐若菲恍然大悟，掏出自己的防護項鍊：「那妳們一人分一個……不夠的話我口袋裡還有！」

眾人：「……」

這莫名的被富婆包養的感覺是怎麼回事？

可惜歐若菲沒能送出去，唐心訣寢室並不缺防護符，而珂珂則是毫不猶豫拒絕了她。

「不行，拿人手短吃人嘴軟，我要是收了妳的東西，就不能再陰陽怪氣吐槽了。」

歐若菲：「妳不能不吐槽我嗎？」

珂珂似笑非笑：「不行，不吐槽我就活不下去。」

歐若菲：「……」

唐心訣微微轉頭，視線在珂珂戴著墨鏡的臉上一掃而過，眸光未變：「那就這麼決定了，我去確定守夜位置。」

蔣嵐點頭：「我和妳一起去。」

說罷她上前一步，握住唐心訣的手。

唐心訣垂眸，在手心交錯處感受到一抹涼意，那是一張紙條。

紙條縮在手心，精神力「看見」了裡面的內容：我們中，有人不太對勁。

入夜。

經過一天的提心吊膽和勞累，大部分的人一沾床就沉沉入睡。哪怕寢室裡燈光全開亮如白晝，竟沒影響睏意。

歐若菲是在一陣乾渴中睜開眼睛的。

她摸索著起身，看見對面空了四張床：一、三、五、七。這是第一輪守夜的值班隊伍。

現在是……凌晨一點。

她揉了揉眼睛，走到長桌前想倒杯水喝。

桌上放著張遊從永遠無法猜測容量的口袋中取出的保溫杯、餅乾袋，還有一個危險感應器。

歐若菲打開保溫杯蓋子，晃起來有水聲，她便往紙杯裡倒去，可卻沒有水流下來。

怎麼回事，裡面明明有水啊？

歐若菲又揉幾下眼睛，澈底清醒過來。她繼續往下倒，仍然一滴都沒有。彷彿有一層看不見的膜，把水封在杯子裡，不讓她喝到。

茫然放下水杯，睏倦又湧上大腦。她只能忍下口渴，準備回去繼續睡覺。

屋內一片寂靜，寢室門開著，走廊灰暗的光線隱隱透過來，不知道外面的人在哪裡守夜。歐若菲只望了一眼就縮起脖子，絲毫沒有走出去看看的想法。

微涼空氣貼著脖子，讓她後知後覺開始有些害怕，連忙轉身向床上走，想回到令她有安全感的被窩裡。

「嘶嘶……」

忽然一陣細微的摩擦聲闖入耳朵。

已經走到床旁邊的歐若菲下意識抬起頭，尋找聲音的來源。

她環顧四周，最後不由自主落在正對面的十六號床，熟睡的阿念身上。

不，阿念還在睡覺，不是她發出的聲音，那是……

視線緩緩上移，落在阿念的上鋪。

十五號床上搭著嚴絲合縫的床帳，看不見十五號的模樣，也沒有摩擦聲。彷彿剛才的聲音只是耳鳴。但她又莫名有種預感，就是那裡。

歐若菲忍不住瞇起眼睛，透過薄薄的床帳，她似乎看到了裡面的身影，那是一個緊貼著床帳的輪廓……

歐若菲的呼吸停下了。

她雙眼慢慢睜大，瞳孔飛快收縮，緊盯著床帳。

如果她沒看錯，床帳裡的人，是站著的。

女生的身影站在床鋪上，無聲貼著床帳，面孔似乎正對著下面。

「妳睡著了嗎？十五號同學？」

歐若菲輕聲開口。

話剛出口，她就想把這句話吃進去：誰睡覺會站在床上睡？

尖叫聲爆發的前一剎，一隻手拍上歐若菲的肩膀，捂住了她的嘴。

「唔唔唔！」

歐若菲瘋狂掙扎，恐懼攥住大腦的每根神經，讓她耳朵嗡嗡作響。

「是我！歐同學、歐同學？」

熟悉的聲音讓歐若菲恢復點理智，她顫抖著轉身，看見十三號焦急的面孔。

「妳怎麼了？」

「十五號，她站在床上！」歐若菲艱難地發出聲音。

燈光半掩下，十三號抬起頭，然後又低下：「她現在已經躺下了，剛剛有可能是她在夢遊。她是我的室友，不會有事的，妳放心吧。」

女生按住歐若菲的肩膀：「別太緊張，妳會把所有人吵醒的，大家一定會很生氣。」

聽著對方的聲音，歐若菲深呼吸幾下，點頭。

沒錯，她不能喊，如果把所有人吵醒然後虛驚一場，她在別人心中的印象一定會更差。

她好不容易遇到很多同伴，要堅強、要聰明……

十三號攬上她的肩膀：「妳想喝水嗎？我們可以到牆角那邊喝，陪我說一下話吧。」

小口抿紙杯裡的水，歐若菲頭抵著牆壁，看著十三號蒼白的臉，想起對方今天的遭遇，不由心生愧疚：「對不起，是不是我吵醒妳了？妳白天撞了鬼，我不應該吵醒妳的。」

十三號抱著膝蓋，看不清臉上的表情，只有輕柔的聲音傳出：「沒關係，我現在感覺好多了。」

「躺在床上使我痛苦，只有坐在這裡，我才會舒服一點。這裡讓人感覺很安心。」

歐若菲渾渾噩噩地點頭，她隱隱覺得對方的話有些不對勁，卻又想不起是哪裡不對，只能悶頭喝水。

直到一道女孩的啜泣聲，從地面下方幽幽浮出。

歐若菲手心一緊，「同學，妳能聽見哭聲嗎？」

「沒有啊。」十三號半截身子埋在陰影中一動不動：「我什麼都沒聽到。」

「可我明明——」歐若菲差點咬到自己舌頭。

因為她聽到，這哭聲越來越清晰，也越來越大，就像聲音的來源……正在向上爬！

第二章　寢室有鬼

以門為分界線，九一七被燈光分成兩部分，一部分是籠罩在日光燈下蜷擠的十六張床鋪，一部分則是面光禿禿的牆壁，洇著常年潮濕的青斑。

在牆面與地板的折角處，兩個白衣女生蜷縮在地上。準確的說，只有穿著白T恤的歐若菲瑟瑟發抖，而一身白裙的十三號頭低垂著，看不清臉上的表情。

歐若菲往嘴裡灌水，可無論喝了多少，喉嚨裡的乾渴感都沒有半點緩解。

耳邊的哭聲越來越清晰，不再像是一個女生的啜泣，變成了兩個、三個，甚至一群……

「啪——」

歐若菲手抖得握不住杯子，紙杯掉在地上，水濺到十三號的衣服。

「對不起，我不是故意的！」

歐若菲連忙道歉，卻發現十三號一點反應都沒有。

透過垂在臉頰的黑髮，能看到女生白皙的脖頸以一種詭異的角度延展伸直，甚至腦袋都抵到了牆面上，胸膛沒有半點起伏。

歐若菲不由自主蜷縮起手指。她非常不想讓一個念頭從腦海中升起，可卻管不住思緒亂竄——眼前的十三號，真的是正常人嗎？

或許是哭聲越來越近，她從渾渾噩噩中清醒幾分，意識到情況詭異。

「同學，我先回去睡覺了，那個，我先走……」

她語無倫次地擺手後退，想爬起來卻被一把攥住手臂！

緊緊貼靠牆壁的十三號，不知何時側過頭：「妳不想和我聊天了嗎？」

冷光打在女生臉上，穿過黑黢黢的眼球，把她的背影印在牆上。

而這次，歐若菲終於聽清了哭泣聲的來源。

它來自十三號身體的陰影裡。

洗手間內，五號打了個哈欠。

「這邊都檢查完了。馬上輪到我親愛的姊姊，我回去叫她啦。」

七號也一同離開，走前言簡意賅：「有意外就大喊，我聽到就會回來。」

五號開玩笑的聲音從走廊裡傳出來：「萬一妳睡著了怎麼辦？」

回答她的是七號冷冰冰的話語：「我已經很久不睡覺了。」

唐心訣和蔣嵐站在洗手檯前。

清掃一新的洗手間仍有股不知源頭的腐臭味，這是張遊動用了兩大瓶空氣清新劑都沒辦法去除的，只能任由它源源不絕充斥著空間。

蔣嵐率先開口：「妳收到我的紙條了嗎？」

得到肯定回答後，她神色微鬆：「抱歉用這種迂迴的方式，因為我無法確定白天直接說話是否安全，道具是有時限的。」

她攤開手，掌心放著一個金色鈴鐺，隨著搖起來的清脆聲響，一個透明的波紋保護罩出現在兩人身旁，隔絕聲音外傳。

唐心訣也開門見山：「妳懷疑誰？」

蔣嵐疊扣雙手，聲音發沉：「很多人……我現在能信任的，只有我們兩個寢室。」

唐心訣曾提醒過她要小心其他人，再加上張鄭郭三個室友都實力強勁，積極出力，不可能是鬼怪偽裝。

「尤其是十三號她們寢室，」蔣嵐眉心蹙得很緊，將之前想去上鋪查看，卻被十三號激動攔下來的事情說了。

「阿念的靈感很強，如果她看到鮮血，那麼絕對不可能是番茄醬。」

但兩張床上的血卻又的的確確變成了番茄醬，讓她們沒有理由再仔細探究。

唐心訣：「是不是很像門口那具骷髏？」

明明看到了笑容，卻轉眼變成假人偶，混淆眾人的猜測和感官。每次虛驚一場的背後，更像是有人故意抹去了她們得到的提示，讓一天下來線索混亂毫無進展。

「沒錯。」蔣嵐受到提醒，眉心擰得更緊，乾脆將另一個證據也和盤托出。她取出一個金色圓球，伴隨開關觸發，圓球自行轉動並彈出一對翅膀。

「我一開始以為是十三號有問題，但是……」

翅膀翕動起來，女生的聲音從裡面飄出：「……我把妳給的東西藏得很好，沒有被任何人看到，我什麼時候可以打開？」

這是十三號的聲音！

緊接著，另一個女聲響起：「……等到今天晚上，妳就會知道裡面有什麼了。」

唐心訣聽出，這是十五號。

十三號聽起來有些害怕，一直在尋求肯定的答案。而十五號語氣輕柔：「妳放心，我們是室友，我會騙妳嗎？」

錄音到此戛然而止，後面變成雜音。

唐心訣微微垂眸，對錄音內容並不意外，「由此聽來，第一天真正有問題的人，是十五號。」

而十三號最初的異常也與十五號脫不了干係，只是十五號一直安安靜靜待在人群裡，很多人沒注意到她。

蔣嵐看起來很頭疼：「但棘手的是，我們無法確定她們現在到底是人還是鬼，混進我們之中的目的又是什麼。」

最關鍵，她沒有足夠的證據可以確認，不敢貿然出手。

懷疑一旦滋生，就會難以控制——如果十五號的身分不可信，那麼與之關係密切的十三號也同樣可疑，乃至她們同寢室的十一、十二號，孑然一身的十四號、七號……

最壞的情況下，寢室裡可能有一半都是偽裝的「考生」！

唐心訣清冽的聲音止住了蔣嵐的猜疑：「她們應該不是鬼怪偽裝。」

「我更傾向於，她們並非一開始就有問題，而是在考試過程中被某些存在影響。」

蔣嵐目光一動：「妳是說……鬼附身？」

按照唐心訣的說法，這是她認知中最接近的猜測。

「不，」唐心訣卻搖頭，「無論是鬼怪偽裝還是附身，只要鬼怪出現，我室友都會發現。」

郭果的陰陽眼從沒失靈過，可這次卻一無所獲。

所以沒有鬼怪？難道一切正常，只是她們直覺和判斷出了差錯？蔣嵐感覺頭更痛了。

她們的確是依靠直覺來做出猜測，並沒有實質的證據，如果出現錯誤也不是不可能……蔣嵐正要開口，卻聽唐心訣道：「我更傾向於，鬼怪沒有直接在寢室中出現，而是用另一種手段進行干預。而且這種干預是有過程和規律的。」

說完她指尖沾水，在鏡子上將第一天發生意外的床位號碼寫了出來。

阿念所在的十六號床、歐若菲所在的十四號床、位於十六號上鋪的十五號床、位於十四號上鋪的十三號床……

蔣嵐沉默注視著幾個數字，很快領悟：「順序是從後往前──」

她的聲音戛然而止，意識到另一個問題：如果鬼怪是從後往前選擇目標，那麼最先出現意外的，應該是阿念。

唐心訣看她，「阿念有沒有問題，我想妳比我更清楚。」

身旁人抿起嘴，最後篤定回答：「阿念絕對沒事，她身上有我從商城高價買的平安手鏈，將我們三人的五維屬性連接到一起，一旦她受到外界影響，我和珂珂都會第一時間知道。」

「所以鬼怪在她身上失敗後，目標順延到了下一位。」

唐心訣在鏡面上畫了個圈：「十五號。」

郭果：『靠！原來是十五號！我又猜錯了。』

鄭晚晴：『妳又沒仔細聽，錄音就知道是十五號了，這種態度怎麼通關，怎麼拿高分……』

正在腦海即時連線的室友們彷彿在看直播，很快從留言變成爭吵，最後以郭果高喊大小姐別念了告終。

唐心訣：「……總之，當我察覺到十五號有問題後，並沒有第一時間判定，因為她身上的變化極其輕微，直到現在才能確認。」

心靈連接狀態下的她，不僅能與室友精神對話，還能以另一種視野看到其他人的精神力。

每個人的精神力本來都是一團淡橘色的火焰，大小亮度相差無幾。但當砸門鬧劇過後，她敏銳地發現，有人的火焰變暗了。

雖然並不明顯，但變暗的火焰不再跳動，彷彿蔫了下去，乍一看似乎只是受到驚嚇，並不引人注目。

但是一整天下來，唯一一個保持異樣的火焰，就足以讓人確定了。

唐心訣沒仔細說明精神火焰的資訊，只簡單講出她的精神異能，蔣嵐明白了前因後果。

「沒想到真的有人能覺醒精神系異能。」蔣嵐有些震驚，「精神異能是商城裡最貴的異能類型之一，升級起來更是天價。自主覺醒相當於白賺了一大筆積分，妳的氣運真強。」

「……嗯。」

唐心訣默認了這個說法，沒有解釋她最先覺醒的異能其實是一支馬桶吸盤。

轉回正題，有了前置條件後，兩人根據各自手中的資訊，很快將情況排了出來。

「暫且將十五號看做被鬼怪控制，那麼它們的下個目標應該是十四號和十三號。」

「白天十三號忽然被鬼抓了一下，是不是預示著這一點？那我們該怎麼應對……」

蔣嵐正在講述，忽然看見唐心訣停住動作，猛地轉頭看向身後寢室。

「怎麼了？」

唐心訣神情是進入考試以來從未有過的嚴肅：「我感受到一股來自別人的恐懼，很強烈……是歐若菲！」

她在呼救！

「妳說過要陪我聊天的，怎麼可以走呢？我還有東西要送妳呢……」

身後十三號的聲音進入耳中，卻是一個陌生的沙啞女聲。像爬蟲一樣蟄著歐若菲的神經。

「我不要，我不看，讓我回去！」

歐若菲想跑，雙腿卻彷彿灌了鉛，只能在地上緩慢移動，眼淚在眼眶瘋狂打轉。無比後悔為什麼剛剛像失了魂了一樣，竟然渾渾噩噩什麼都沒察覺。

直到脖子上的防護項鍊變成碎片，鋒利的碎片割開她的皮膚，感受到痛楚她才猛然驚醒，終於想起逃跑。

雙腿像深陷泥沼般邁不動步，歐若菲幾乎崩潰，高聲叫喊著救命，希望寢室裡沉睡的其他人能醒過來。

寢室靜悄悄的，根本沒人聽到她的呼救。歐若菲拚命向前，終於挪到自己的床鋪前，她記得自己在枕頭下藏了剩下的保護項鍊，只要拿到……

沙沙聲從頭頂響起，像是紗帳簌簌移動。她抬起頭，看見前方上鋪的床簾不知何時拉開了一條縫隙，十五號的臉卡在縫隙處，死氣沉沉盯著她。

歐若菲崩潰地尖叫起來，不是因為十五號的頭顱，而是因為手腕被一把抓住。為了掙脫下意識轉過身，撞入一雙漆黑的眼球。

以及一張近在咫尺，鋪滿了她全部視野的青白臉龐。

「啊！」

「嘭！」

唐心訣踹開門，兩人先後闖入寢室。

寢室裡安靜無比，每個人都在自己的床上安然沉睡，沒有半點事故的痕跡。

蔣嵐皺眉：「妳確定聽到的呼救聲是在寢室裡嗎？」

唐心訣沉默不語，那股極度恐懼的情緒還殘留在她精神感應中，恐懼的主體卻彷彿人間蒸發了。

她毫不遲疑走向歐若菲的十四號床，掀開床簾，女生平靜地躺在床上，臉上看不出半點恐懼。

是她感應有誤？還是……

她在腦海中聯絡郭果幾人，與此同時蔣嵐也大步走到室友床邊，下一刻兩人同時轉頭，目光對視：「這不是我們寢室！」

郭果睡眼惺忪被叫醒，還沒清醒過來就被遞了個掃帚到手裡。

對，新的一天到了，她要去打掃衛生。

掃了幾下，十三號忽然攔住她：「今天順序換了，妳去洗手間打掃。」

看著十三號臉上的微笑，郭果愣了一下但沒想太多，哈欠連天地走到洗手間，看見了正在擦鏡子的十五號，打了個招呼：「早啊。」

十五號沒有回答，仍舊在緩慢擦鏡子，抹布在玻璃上擦出刺耳的摩擦聲。

郭果覺得有哪裡不對勁，她看著自己手裡的笤帚，卻怎麼也想不起來。便沒話找話道：「對了，妳有看到我室友嗎？我怎麼沒看到她們……」

話音未落，笤帚掃到一個硬邦邦的盒子，她聲音一頓。

十五號緩緩開口：「這是我送給妳的禮物，快撿起來看看吧。」

郭果：「……」妳送人禮物，是把它扔到地上等人撿？

她睜大眼睛，盯著地上的盒子看了半晌，沒有彎腰，而是吞咽兩下口水。

不知為何，她有些抗拒。隱隱作痛的眉心像是在提示她什麼。

十五號還在催促，郭果下意識回了句：「妳怎麼不自己撿？」

身後陷入沉默。

寂靜中，郭果終於看清了讓她感覺不對勁的來源——陰陽眼在刺痛目睹一股黑氣從地面散逸出來，籠罩了盒子。

郭果：「……」

十五號輕飄飄的聲音從背後響起：「我也想幫妳撿起來，但是我的手被抓住了，它好痛啊……」

郭果僵硬地轉過頭，看向鏡子前直挺挺站立的女生，一面鮮血橫流的鏡子映入視野。

原來十五號剛剛並不是用抹布來擦鏡子，而是用自己的手——女生整個手腕沒入鏡子內，每移動一下，就被鋒利的鏡面切割開皮膚，在移動中流出汩汩血液。

鏡面裡的女生轉動眼珠，朝她揚起詭異的笑容。

這根本不是十五號的臉！

郭果大聲尖叫，瘋狂在腦海中呼叫其他室友，同時轉身想開門跑路。

然而洗手間的門已經鎖死，無論她怎麼撞都打不開，腦海也沒有任何回應。

「救命啊！訣神！大小姐！遊姐！」郭果絕望拍門，猛然想起還有ＡＰＰ，連忙慌不擇路掏出手機——一張扭曲的女生面孔倒映在螢幕內，十三號被膠布纏住嘴，擠出變形的微笑。

手一抖，手機掉在地上，順著地面滑到了隔間門前，螢幕上倒映出兩個正在撕扯的身影。

郭果腦中一個激靈，立即跑上去踹開了隔間的門，隨著一道輕微撕裂聲響，阿念掙扎的驚慌身影出現在面前。

神色僵硬的歐若菲正抓住她的手腕，要將一個黑漆漆的手環套到上面：「這是我給妳的、給妳的禮物……」

還沒完全套上，歐若菲就被拎住後脖領口，隨著郭果用力一拽滑了出去。

「禮物、禮物……」歐若菲舉起雙手，還在試圖動作，被郭果一個肘擊送出隔間，然後重重關上了門。

兩個活人躲在廁所隔間裡一邊大喘氣一邊大眼瞪小眼，最終郭果掏出水滴玉墜，確認了眼前的「阿念」沒有危險。

「這什麼情況？她們怎麼回事？禮物是什麼東西？其他人都去哪了？」

一口氣問出全部疑惑，得到的是阿念茫然搖頭，一問三不知。

郭果感覺腦仁突突直跳，抓起手機打電話，果不其然還是無法接通。

不對，不對勁，事情怎麼會突然變成這樣，總感覺哪裡不對勁……

只是她還沒來得及想通，隔間門就發出詭異唠嚓聲，仰面倒了下去。

雙手流血的十五號、半張臉被膠布封住的十三號，還有青白僵硬的歐若菲，頭並頭擠在門口，面無表情盯著她們。

一個、兩個、三個，把十四個沉睡不醒的「同學」全部試了一遍，唐心訣面沉如水：「我不能確定它們是什麼，但絕不是我們認識的人。」

與其說在她們趕回來的這幾秒，十四個人全部被替換了一遍，不如說被替換的是整個空間。兩人把所有方法嘗試了一遍，發現無法聯絡上室友。

寢室、走廊和洗手間都籠罩在極度的安靜中，彷彿無聲的牢籠，找不到回歸現實的出口。

她們被困在這裡了。

「這算什麼？」蔣嵐苦笑一聲靠在床欄上。在發現與室友失聯後她差點抓狂，又因情緒激動而劇烈咳嗽半晌，本就沙啞的嗓子洇出血，說話只剩下氣音。

唐心訣一節一節擰著手指，溫和的神情變為冷漠沉寂，一絲多餘的表情都沒有。

這才是她原本的模樣。

用半分鐘整理完思緒，她倏地開口：「是夢境。」

「什麼？」

「這裡是夢境。」唐心訣掀起眼皮，瞳孔倒映出空間的輪廓，「栩栩如生是因為取材於我們的記憶，所以它沒有出口，是我們的意識被困在了這裡。」

在洗手間時她還與郭果三人精神相連，但接收到歐若菲的恐懼訊號後，竟忘記了先確認在寢室的室友情況，想也沒想就直接趕回。

想必從那時起，她與蔣嵐就受到感知干擾。就像人在做夢時，往往處於渾渾噩噩的狀態，無法完整思考。

蔣嵐：「沒可能是異次元空間或者幻覺嗎？」

唐心訣：「有可能，但可能性不大。如果這是異空間，那它在主動性上是無解的。就像被扔進一個臨時副本，我們只能被動等待它出題。從情感上，我個人不願意接受這種可能性。」

見她說的這麼直白，蔣嵐一怔：「為什麼？」

唐心訣：「我們可以等，其他人呢？」

被動入夢的，很可能不只她們兩個，結合歐若菲忽然出現的情緒來看，甚至可能是所有人。

她繼續道：「我不怕出現在夢中的鬼怪，只要它們露面，我自有方法處理。妳應該也可以吧？」

蔣嵐閉上眼，明白了唐心訣的意思。

「我可以、珂珂也可以……但是阿念不行。」

一旦大家被分散，實力較弱的室友肯定會面臨危險，而她們鞭長莫及。

副本不需要費心攻擊實力強的人，只需要把她們困住，就像現在這樣——

她騰地起身：「我們有出去的方法嗎？」

唐心訣：「如果是夢境或者幻覺就有，只不過可能需要付出一點代價。」

另一邊已經神色凝重做好了心理準備，卻聽唐心訣說：「堵住耳朵。」

蔣嵐：？

轉瞬便見唐心訣手心光華一閃，出現一支如假包換的……馬桶吸盤。

蔣嵐：？

就在堵住耳朵的同時，馬桶吸盤的橡膠頭忽然翕動，下一秒，排山倒海的鬼魅尖嘯從裡面噴薄爆發，席捲了整片空間！

「刺啦——」

像鏡面被震碎，一道裂縫悄然出現，然後是第二道……蜘蛛網般的裂痕密密麻麻橫在空氣裡。

而後轟然碎裂。

郭果用最後的力氣，把吊墜塞到歐若菲手上，對方立時像被灼傷般面孔扭曲，不得不撤開手。

「快跑出去！」抓住喘息的空間，郭果想也不想就對阿念喊。

阿念聲音微弱：「郭同學……妳跑吧，我好像，動不了了……」

郭果回頭，看見阿念小腹不知何時豁開一條大口，染紅了她剛剛被十五和十三號聯合控制住戴上的黑手環。

隨著傷口出現，阿念臉色以肉眼可見的速度覆上一層白霜。她身體無力地靠在白色瓷磚牆壁上，卻投映出另一個截然不同的女生倒影。

郭果的眼睛越來越痛，似乎有什麼力量在阻止她看到這一切。但越是如此，她就越用力睜開眼睛，看見瓷磚裡倒映的長髮女生緩緩轉過身，腹部的傷口和阿念身上的一模一樣！

長髮女生朝「牆外」伸出雙手，十五和十三號立刻去扶她。於是在幫助下，長髮女生硬生生從牆內鑽了出來，整個「人」倒著垂到阿念面前，與之對視的瞬間，兩張臉的五官同時模糊起來，變得越來越空白……

有過往經驗，郭果立即意識到這是什麼：宿舍文明守則測試中，小紅想借助她的身體進入宿舍，取代她的身分，用的也是這辦法！

她立即收回抵擋歐若菲的吊墜，飛奔到阿念面前想逼退長髮女生，卻被守在一旁的十五和十三號架起來，想強行塞給她另一件「禮物」。

「不要！」

郭果劇烈掙扎，被強化過好幾次的身體和保護罩在此刻失去了作用。但她還是憑藉陰陽眼準確定位到長髮女生的動作，雙腿用力一蹬，飛起一腳踹飛了長髮女生的腦袋。

女生痛呼一聲栽回牆壁裡，鉗制郭果的兩人立即鬆開她，撲過去查看長髮女生的情況。

只見長髮女生，或者應該說是長髮女鬼哭泣不止，甚至搖頭比劃拒絕的手勢。十五號和十三號焦急起來，咿咿呀呀幫她打氣，想勸她重振旗鼓。

郭果：「……」

在她這個找不到室友的受害者面前玩團結友愛？

她扶起阿念，趁著幾隻鬼被轉移注意力帶著人奪路而逃。一口氣跑出洗手間大門，朝寢室拔足狂奔。

離洗手間越遠，阿念腹部貫穿傷流的血越少，甚至有癒合好轉的趨勢，郭果頓時大喜加快速度。

然而時間一分一秒過去，她發現自己還在走廊中奔跑，依舊無法觸及似乎盡在咫尺的寢室大門，無論怎麼跑都無法縮短相隔的距離——或者說……是走廊的長度被無限延長了！

窸窣聲、沙沙聲，各種聲音從地面下方、四周牆壁和天花板鋪天蓋地湧來。透過光潔如鏡面的反光平面，郭果看見一個又一個「女生」拖著殘缺的身體在另一個空間爬動、它們的頭髮或長或短，白色校服破破爛爛掛在身上，臉上的神情大多呆滯僵硬，似乎並沒有神智，只是機械地跟隨群體移動。

也有幾個表情不同，她們用飢渴的目光緊緊盯著郭果兩人，一邊跟著跑一邊虎視眈眈，想要阻斷兩人的腳步。

郭果舉起吊墜試圖驅趕它們，有神智的鬼不僅不怕，還裂開嘴角指指點點，似乎在大聲嘲笑。

「劈啪——」

一道裂縫悄然出現在它們的位置，並迅速蔓延分裂為好幾條。女鬼表情一愣，試探著用乾枯的手指碰了碰裂紋。

「嘭！」

裂縫瞬間爆裂，炸開一個黑黢黢的洞，直擊靈魂的尖嘯從裡面噴薄而出，在走廊裡橫衝直撞，震得女鬼們攔腰起飛，轉眼被掃蕩得一乾二淨。

魔音貫耳，郭果卻露出如釋重負的笑容，將阿念背在背上，向黑洞飛奔衝去，一躍而入——

一瞬間的虛無和寂靜，然後是湧入肺部的空氣，再然後……

「叮鈴鈴、叮鈴鈴——」

「啊——」

尖叫聲混合著手機鈴聲同時在屋內響起，不少人一個鯉魚打挺從床鋪上起身，驚魂未定地查看四周情況。

唐心訣睜開眼的第一時間就是握著馬桶吸盤從床上躍下，再次使用了【鬼怪的尖叫】，讓震耳欲聾的恐怖聲音貫穿整個房間。

越來越多的人從沉睡中驚醒，有的是硬生生被恐怖尖嘯聲嚇醒的。五號和六號醒的時候差點從床上翻下來，一臉驚恐：「我靠？這就是鬼怪攻擊的號角？」

唐心訣無情地把兩人從床上拉下來，「這是鬼怪被吞噬前的尖叫，被我的武器當做能力，順便兼職把妳們從噩夢中喚醒的鬧鐘。」

她關掉按時響起的手機鬧鐘。

蔣嵐也翻身下床，走向阿念的十六號床：「的確，這個『鬧鐘』比正常的手機鬧鐘要有用多了……阿念？」

蔣嵐的聲音忽然哽住，將阿念身上的被子掀開，看著女生腹部血流不止的傷口，聲音都在發抖：「珂珂！把藥拿過來！」

剛要戴上墨鏡的三號手一抖，一言不發衝上來，把儲物袋裡的物品全部倒出來，在裡面尋找止血藥劑和乾淨繃帶。

另一邊，唐心訣查看完室友的情況，確認鄭晚晴張遊和郭果都沒受傷，才微微吐出一口氣。

郭果：「我剛剛做了一個非常可怕的噩夢，阿念在裡面……對了，阿念！」

她也立即跑到十六號床邊，幾人跟著上去，見阿念腹部的血已經止住了，蔣嵐把一顆藥丸塞進阿念口中，餵下去後阿念吐出一口黑色汙血，呼吸清晰平穩起來。

蔣嵐這才能開口說話：「還好時間早，一切都還來得及。有我和珂珂的健康值輔助輸入，阿念很快就會清醒。」

珂珂也罕見沒有毒舌，而是澀聲開口：「我不知道自己什麼時候睡著的，夢境告訴我我在守夜，一直到醒來前才發現不對勁，然後就被嘯聲叫醒了。如果我能早點發現，直接可以破解……」

蔣嵐打斷她的自責：「這沒有什麼好假如的，我也沒有及時發現這點，但是已經發生的事無法扭轉。我們現在能做的，就是儘快通關這場考試，然後把阿念安全帶回現實……我們不能再失去任何一個了。」

說到最後，她掩住嗓音裡的哽咽，看向唐心訣，「這就是我們在副本裡要面對的危險，是嗎？」

唐心訣點點頭：「鬼怪很狡詐。它們將所有人拉入夢境，但在實力較強者的夢境中安分守己，延遲我們發現的速度。在較弱的夢境中發動襲擊，至今為止已經有三人被成功攻擊了。」

三個人？

眾人一驚，順著她的目光望去，只見十五號床、十三號床，還有十四號床上的歐若菲都坐在床上神色茫然，乍一看看不出任何異常。

唐心訣不帶笑意地扯起嘴角，「還在演？」

她對著歐若菲扔下一個【鑑定】，相比起昨天的答案，這次鑑定結果發生了變化：『一個平平無奇的女學生，只不過似乎有些害怕寒冷，對水有著超乎一般的渴望。』

「畏寒加上乾渴？」唐心訣點頭，「看來妳有可能生前是在寒冷中缺水渴死的。」

話音未落，她以眾人反應不過來的速度伸手向前一點，一根冰錐立時出現在空氣中，向歐若菲脖子刺去！

歐若菲神色大變，跳起來就要躲開，然而就在冰錐落在床鋪上的瞬間，以它為中心迅速蔓延開極低的溫度，將整張床冰凍起來！

處於冰凍範圍的歐若菲整張臉痛苦扭曲：兩顆眼窩凹陷，鼻樑向外凸起，圓下巴變為尖下巴，兩邊顴骨向上移動……有那麼一瞬間，歐若菲完全變成了另一個陌生的模樣，發出淒厲的尖嘯。

尖嘯聲貫穿眾人耳膜，竟有一瞬間與唐心訣馬桶吸盤中響起的鬼聲有幾分相似！

看見歐若菲痛苦地抱住自己，試圖蜷縮躲避寒冷的樣子。坐在上鋪的十五號和十三號終於忍不住，急急朝她開口：「妳傻嗎，跳下去啊！待在床上等著受凍嗎？」

這聲一出，所有人的目光立刻轉移到她們身上。

唐心訣無聲凝視著她們，目光宛如在看兩個自爆的狼人。

兩人：「……」

傻子竟是我自己。

她們立即改變表情，求救般看向十一和十二號：「我們真的不知道她們在說什麼，她們在汙蔑！連證據都沒有，這麼明顯的排擠，誰知道她們存著什麼心思。妳們一定要相信我們，我們可是室友啊！」

十一和十二號兩人驚疑不定地對視，又看向自己的「室友」：「等等，我們還沒弄懂……」

郭果卻忽然打斷她們，開口道：「我在夢中看到妳們的模樣，一個手臂被玻璃劃得全是血，一個嘴被膠帶封住。」

「見血的事情就算了，」她轉頭看向十三號：「既然妳們不是鬼怪，那麼用膠帶封一下嘴，想必不會像歐若菲同學一樣，出現這種應激反應吧？」

第三章　九一九和九二一寢室

聽到郭果的話，十三號的表情難看到極點。

郭果繼續說：「我記得妳們強迫送我們禮物，一旦我們收下，就會變成各種受傷的狀態，然後被妳們入侵取代。阿念小腹的傷就是因為戴了妳們給的手環才出現的，想取代她的是一個長髮女鬼……我說的夠詳細了嗎？如果妳想證明我是錯的，那就纏上膠帶看一看吧。」

十三號磨牙般吐出一句話：「夢裡的內容，有可信度嗎？」

劍拔弩張的氣氛中，十一號忽然顫聲開口：「禮物……我也被送了。」

眾人轉頭，見十一號和十二號抖著手取出兩個盒子，這也是昨天十五號送給她們的「禮物」，只不過她們還沒來得及拆。

十一號忍住眼淚：「妳昨天和我們說，我們是室友，妳不會害我們，讓我們晚上避開別人再拆開看……」

她用力一擰，咬牙打開了木盒蓋子！

無以名狀的詭異感頓時蔓延開來，只有郭果和唐心訣能看到，一股黑霧正從盒子裡升起，直撲十一號的面門！

「小心！」

在郭果的驚呼聲中，唐心訣直接抽起馬桶吸盤打掉木盒，將黑氣吸入了橡膠吸盤內。

馬桶吸盤靜止兩秒，忽然如嗆到一般抽動起來，彷若一個人不停咳嗽，片刻後橡膠頭猛地一吐，又將化為實質的黑氣吐了出來。

張遊離得最近，來不及多想連忙抽出武器帳本用力一拍，黑氣四散為好幾部分，向外逃竄。

「我來。」

蔣嵐分開人群，雙手凝結成印，空中霎時落下四道白光結成方框，將黑氣籠罩在其中無法掙脫。

蔣嵐嘴唇微張，吐出字眼：「淨化。」

白光框架飛快絞緊，黑氣被湮沒在白光之中，發出如燒焦般的滋滋聲響。

十五號看不下去了，尖聲高喊著不要，跳下來撲斷了蔣嵐的技能，用身體將黑氣遮蔽了起來。

眾人立刻制住她，卻見女生雙眼緊閉，已經暈了過去。

撲通兩聲，十三號和歐若菲也相繼暈倒在床上不省人事。

確認三人都處於深度昏迷狀態後，蔣嵐又用類似小金球的標記道具在三人身上做了追蹤標記，隨時監察她們的情況。

「這些鬼倒是很聰明，見無法撒謊就暈過去逃避。」鄭晚晴有些鬱悶，啃著餅乾越想越氣。

但這招的確有效果，畢竟鬼怪占據的三個身體都是考生，她們無法對同學的身體下手，只能暫時放置。

十一和十二號以為兩個室友死了，在床邊哭得上氣不接下氣。直到唐心訣提醒她們，十三號和十五號只是暫時被占據了身體和意識，還沒有死，眼睛裡才有了亮光。

「真的嗎？」兩個女生拉住唐心訣的手，一定要問清楚。

唐心訣點頭：「她們兩人的精神火焰還在，只是暗了一點，這是沒辦法偽造的。說明她們沒有生命危險，只是暫時被已死的鬼魂用某種方式替代了意識。」

這種替代不同於幽魂的鬼附身，否則郭果是能看出來的。按照郭果陳述的夢境景象，似乎與當初小紅想取代郭果時所用的方法十分接近。

只是不知道這到底是什麼方法，如果有機會再見到小紅可以問一問。

兩個女生鬆了口氣，互相攙扶著振作起來，發誓要一起通關考試，讓室友清醒過來。

她們原本只經歷過一場難度很低的D級考試，還是全程混水摸魚，以勉強及格的分數低空飛過來的。這次團體考試才讓她們真正意識到遊戲的難度，心驚肉跳之餘也不由思考更多。

整個副本十六人，她們寢室四人的實力排在最末尾。沒有強大的異能和道具，也沒有超出常人的分析能力，就連遇到危險，也是率先被鬼怪攻擊的「軟柿子」。

如果下一次遇到同樣難度，甚至更難的考試。而她們卻沒有其他寢室的強悍考生幫忙，只靠自己還能活到最後嗎？

張遊遞過來餅乾和水，兩個女生沉默地道謝接受，依偎著將食物咽下去。

從前她們雖然嘴上不說，其實不太願意吃這種餅乾，總覺得結束考試後用積分兌換就可以吃好吃的……但現在她們意識到，比口腹之欲更重要的，是生存下去的能力。

簡單補充體力後，十三人重新聚在一起。

「接下來怎麼辦？」

「考試資訊更新了，說今天會有第二場衛生檢查。我們還要打掃嗎？」

珂珂聳了聳肩：「押注嗎，我覺得今天那群狗崽子也不可能讓我們通過，打掃了也是白打掃。」

短短一天時間，珂珂已經幫這所學校的教務人員取了十幾個侮辱性稱呼，每次說出來都不重複，唯一相同的只有充滿厭惡的語氣。

唐心訣思考須臾：「按照現有資訊，我們面臨的檢查次數上限很可能是三輪。」

按照資訊提示的等級差別：第一輪，學生會。第二輪，舍監。第三輪，教務人員。

「那麼，如果三輪檢查都不通過，會發生什麼？」

蔣嵐眉心猛地擰緊：「……最差的情況，我們永遠失去通關機會，被困在這裡。」

當彈盡糧絕，哪怕沒有外界力量攻擊，她們也會活活餓死在這個副本中，成為這所野雞學校真正的「學生」。

唐心訣：「所以想要通關，生路就在三輪檢查之內，我們還有兩次機會，要確定通關的方法。」

張遊領會到她的意思：「拿第二次檢查試錯？」

如果她們全力以赴打掃完，第二次檢查還是沒通過，說明所謂打掃衛生就是一個蒙蔽她們的幌子，通關只能另尋他路。

眾人沒有異議，提案很快敲定。一行人又仔細將所有空間都檢查了一遍，確認沒有其他線索，也沒有一絲塵埃，才回到寢室裡等待檢查。

時間流逝，中午十一點很快到來。

到來前，唐心訣忽地眸光一頓，身體保持不動的同時調動精神力，用另一個「視野」轉頭看去，看見了偷偷睜眼的「十三號」。

十三號想悄悄掙脫捆綁，發現不可行後頹喪地重新癱倒，兩個眼球一不小心沒控制住，向兩邊咕嚕嚕轉過去，露出大片眼白。

唐心訣：「……」

過了幾秒，十三號像是察覺到什麼，忽地抬起頭，翕動著鼻子看向門口。

唐心訣以為對方是看到了自己的精神力，然而「十三號」的目光卻越過她和其他學生，直直望向門外——

門外有什麼？十三號在看什麼？

唐心訣微微皺起眉，腦中忽然閃過一個想法。

不等她細想，一陣熟悉的混亂感陡然出現。這次她已經提前做好準備，順利讀取了湧上腦海的記憶。

只是這次的記憶與昨天的一模一樣，當記憶畫面消散後，眾人眼前的寢室和走廊沒有任何多出來的身影，只有一塊孤零零的白板。

檢查人員：舍監。

檢查結果：不合格。

懲罰結果：禁閉一天。

又是不合格，果然與她們猜的一樣。

經過提前商量，這次一行人不意外結果，將第二塊白板撿起掛在牆上。現在她們需要想的是另一件事：在衛生檢查不可能合格的情況下，要怎麼樣才能通關？

唐心訣卻沒有率先說出想法，而是轉過身走向房間角落，那裡並排的三張床上綁著三個已經被鬼怪替代的女孩。

走向十三號所在的位置，唐心訣直接解開了束縛。

眾人面面相覷，不知道她為什麼這麼做。

十一號和十二號更是驚恐得眼睛瞪圓：「她她她，她不會也被替代了吧？」

郭果還真的想了想：「雖然沒這個可能性，不過如果真有那麼一天，我們可以直接收拾收拾等死了。」

說話間，只見唐心訣坐在十三號旁邊，一掃用馬桶吸盤時的狠厲，聲音堪稱溫和：「這樣綁著會不會不太舒服？起來活動活動吧。」

十三號雙眼緊閉，依舊保持昏迷模樣。

唐心訣挑眉：「就算閉著眼睛，也記得不要把眼球轉得太靠後，這樣會對她們身體造成傷害。」

她又轉頭看向沉睡的「歐若菲」：「她們和妳們無冤無仇，被嚇得半死又被替代就算了。如果一睜眼變成了瞎子，會不會太過分了？」

用和正常人的交流方式與鬼怪說話，無疑是十分詭異的。

三具沉睡的身體果然沒有任何反應。

不……

鄭晚晴忽然眼尖地指出：「有兩個眼皮動了！正在悄悄把眼球轉回來！」

被指出小動作的兩隻鬼：「……」

就在她們糾結是直接睜開眼睛對線，還是繼續裝死時，十三號感覺自己臉上忽然一涼，一個令鬼靈魂顫慄的冰冷物體扣了上來。

唐心訣把馬桶吸盤杵在十三號的臉上，聲音依舊溫柔：「妳可以選擇不回答，我們換一種方式溝通。鬼魂輕易不會消散，吃一半再和剩下的一半聊天，也是可以的對吧？」

在十三號身體裡的鬼：「……」做個人吧！

唐心訣知道自己的馬桶吸盤不能再吃東西了。

出於某種尚未清楚的「病情」，它現在只能攻擊不能吞噬，吞了也會把東西吐出來。

但沒關係，能威懾住從沒離開過宿舍的原住鬼就夠了。

馬桶吸盤也知道這點，十分虛張聲勢地吐出兩口氣，似乎在威脅要把這隻鬼的腦袋一口吞掉。

十三號堅持沒兩秒就睜開了眼睛，立刻伸出手想把馬桶吸盤推下去：「嚇死人了啊啊啊！」

唐心訣：「……」

馬桶吸盤都沒嫌棄妳一身鬼味兩隻眼睛斜著，妳嫌棄馬桶吸盤？

十三號唦溜坐起身，眼睛警惕地盯著唐心訣：「妳想幹什麼？」

唐心訣笑容溫和：「這話應該我問妳才對吧？夜晚設下陷阱，在夢境中占據我們同學的身體，又想吞噬更多人……如果我沒猜錯，或許，妳們不願意只當黑暗中的鬼怪。想借助我們的身體還陽，重新變成人？」

十三號臉猛地一抽，眼球擴散開濃重的黑色，不由自主地張開嘴：「變成人……」

當它意識到自己失態連忙調整表情時已經晚了，唐心訣更加確定了自己的推測。

「所以，這就是妳們最終的目的。」

她想起那段屬於原學生的記憶，以及記憶結尾湧現的濃濃不捨與眷戀。

一開始她就察覺到，那是死者對於人間的眷戀。

它們懷念生的時刻，哪怕是痛苦的生活，也好過永遠困在這裡，好過永沉黑暗的冰冷。

因此，一部分不認命的副本鬼，將目標打到了考生的頭上。

十三號咧開嘴角森森冷笑：「呵呵呵，我們只是想吃了妳們而已，人肉是那麼美味……」

唐心訣注視著它：「我曾經遇到另一個鬼怪，它也是這麼操作的。妳知道它的結局是什麼嗎？」

十三號閉上嘴不說話了。

垃圾同行，拆它們的臺丟它們的臉。

唐心訣話音一轉回到正題：「想要澈底變成人，融合進身體是不夠的。只要妳們困在副本內，就無法真正解脫。所以妳們的目的不僅僅是在副本裡占據我們的身體，最重要的是要成功以考生的身分離開副本，進入我們的遊戲系統中。只有這樣才能真正獲得人類的身分。」

十三號驚愕地睜大眼睛，不明白為什麼眼前的人類能把它們的計畫全部猜出來。要不是確認自己在這個身體裡，它都要懷疑是不是另一個自己在對方身體裡說話了。

唐心訣：「所以這也是妳們沒傷害這三個學生的原因，因為如果她們被規則判定為死人，妳們也無法出去了，對吧？」

十三號差點想直接點頭了，最後的理智讓她保持了高仰的下巴，在心中默念人類與她們陣營不同，絕對不能相信對方的鬼話。

唐心訣輕笑一聲：「連妳自己都不把我們當同類，而是自動劃分到異端陣營中，怎麼能真正變成人？」

十三號一驚，目光閃爍不定。

這時，在一旁裝死的「歐若菲」卻按捺不住了，忍不住抬起頭回答：「等我們完全活過來時，妳們就會澈底消失了。我們活著是建立在妳們死掉的基礎上，怎麼能算作同一陣營呢？」

唐心訣神情未變，一點也不意外這個回答。其他人則各有不同，有人恍然大悟，也有人目眥欲裂，最相同的則是對兩隻鬼的敵意和警惕大大增加了。

十三號：「……」妳閉上嘴沒人把妳當啞巴鬼！

「歐若菲」不明所以地反問：「瞪我幹嘛？我們當初不就是這麼商量的嗎？」

十三號：「……就是因為妳每次都這麼傻，我們才總是被教務處那幫狗東西抓到！」

「歐若菲」也勃然大怒：「對，都怪教務處那幫狗變態！等我變成人，要做的第一件事就是找到他們的老巢，把他們揪出來扒皮抽筋！」

十三號絕望扶額，不想再和豬隊友溝通。

唐心訣笑容更加清晰，轉而坐到另一張床上，問歐若菲身上的鬼：「原來教務處那幫人也在這裡？」

歐若菲像看傻子一樣看著她：「當然了！要不然每天衛生檢查都是誰做的？」

唐心訣：「難道檢查的時候，妳們也看不見教務處的人嗎？」

歐若菲憤憤不平：「那群傢伙特別賊，不知道躲在哪裡。副本沒打開的時候，我們渾渾噩噩在下面遊蕩，根本上不來。好不容易等妳們來了，我們終於能上九樓，卻發現還是找不到他們。」

唐心訣點點頭：「所以妳們堅信，只要取代我們的考生身分，妳們就能找到他們。但代替我們並非一夕之功，需要多日的努力……這樣來說，妳們與教務處的人，難道不是在做同一件事嗎？」

歐若菲沒反應過來，十三號卻目光一震：「妳說的是什麼意思？」

「字面意思。」

「胡說八道！」

十三號陡然激動起來，臉上青筋迸出，露出人面下凶狠的鬼相。

這所學校的工作人員，就是害她們慘死在這裡，永遠不能重見天日的凶手。她們與這幫畜生不共戴天，怎麼可能為了同一個目標行動？

唐心訣不急不緩：「教務處每次檢查衛生都不讓我們合格，目的難道不是讓我們繼續留在這裡嗎？我們留在這裡的時間越長，就越方便妳們每天晚上利用夢境侵蝕，難道不是正符合妳們的目的嗎？」

鬼怪陷入沉默。

這一段話聽下來，它們竟然無法反駁？

「歐若菲」張了張嘴，最後只能堅定地說：「不可能！」

創辦管理這所學校的變態們心肝從裡到外都是黑的，怎麼可能幫她們做事？

唐心訣順著它的思考點頭：「的確不可能。所以妳們從來沒有想過為什麼，自己的行為邏輯竟然與妳們最厭惡的人不謀而合。也從來沒想過，一群天天躲著妳們，無比惜命的惡鬼為什麼會幫助妳們完成願望，加速自己的死期。」

「對啊，」她模仿鬼怪的語氣：「這是為什麼呢？」

鬼怪：「……」

它們從未深想過的問題被揭開，拆解細分擺到它們面前，每個字它們都能聽懂，連起來卻反而想不明白……這是一個超出它們認知的問題。

蔣嵐的聲音接上了唐心訣的話，打破了鬼怪的呆滯：「答案只有一個——因為妳們被騙了！」

她大步走上前，不顧嗓子的難受，啞聲對床鋪上這兩人，或者應該說是兩隻鬼說：「妳們生前只是剛進入大學的女孩子，鬥不過學校這群禍害人已久的老油條。在死後，妳們仍舊被他們利用，讓他們什麼都不用做就能坐享漁翁之利，看著妳們殺掉進來的考生，然後自取滅亡！」

兩隻鬼的眼睛睜大到幾乎要脫窗，被這段話的含義激得差點露出鬼形撲上來，嘶吼道：「妳說什麼？」

「我算是聽明白了。」珂珂也走上來，把咳嗽不止的蔣嵐拽回去，用力拍她後背：「妳和一群傻乎乎的學妹多說什麼？她們要是聽得懂，鬥得過那群老王八，能被算計死在這裡？」

十三號整隻鬼騰地起立，氣得面青耳白：「我怎麼聽不懂？怎麼鬥不過？」

這麼久以來，她是被囚困於此的魂魄中，少數沒有失去理智，終日渾渾噩噩度日的。她無時無刻不在憤怒，在籌謀……怨憎充斥著她的靈魂，仇恨支配著她的思想。她所有的行動都是為了最終的目標——現在驟然得知這一切都是被利用了，讓她怎麼能接受？

厲鬼淒嚎、群魂乍現。眾人雖然看不見，卻能感應到屋內溫度陡然下降，彰顯著鬼怪的憤怒。

唐心訣望著這個已經看不出原本模樣的女孩，神色反而很平靜。

她輕輕開口：「很簡單，妳們想錯了一個環節，但是另外一群鬼怪沒有想錯。」

「妳們以為占據了我們的身體，就能順利通過規則的檢查，回到我們的世界。可掌管無數考試的遊戲規則，真的這麼好騙嗎？妳們怎麼確定自己一定能成功？」

「這個結論並非妳們隨便想想就輕易得出的，而是有人暗示妳們，在妳們的意識裡種下這一念頭，促使妳們順著這個方向執行。」

「所以，現在回憶一下，那個暗示妳們可以輕鬆矇騙規則，利用規則，通過規則篩查的人，究竟是誰？」

女生說的每一個字，在屋內無比清晰地迴盪。

「那隻鬼，就是教務處趁虛而入，用來騙妳們的倀鬼。」

誰也沒想到在第二次衛生檢查剛結束後幾分鐘，事情會變成這副模樣。

占據了考生身體的鬼怪成為考試資訊的突破口，被唐心訣幾人三言兩語套出了前因後果，並摸出裡面的邏輯漏洞，反而陷入自我懷疑。

十三號迷茫地睜大眼，被唐心訣的聲音引導著進入回憶。

最開始，是誰說她們可以蒙混過考試規則檢查？好像是……

在普通人看不見的地方，黑氣開始湧動，似乎在尋找什麼。

數十秒後，支配著十三號與歐若菲身體的兩隻鬼同時神色一變：「不對，我們的數量怎麼變少了？」

考生一方互相對視：還有意外收穫？

緊接著十三號和歐若菲的身體軟倒下去，唐心訣幾人立即扶住，讓她們安安穩穩躺在床上。

「現在什麼情況？」

五號所在的寢室和十一、十二號都沒聽懂，小聲問旁邊的人。

郭果也小聲回答：「農村包圍城市聽說過沒，現在受苦受難的農民要聯合起來了。」

鄭晚晴不贊同：「這難道不是從敵人內部分裂？無論是鬼學生還是鬼老師，全都是鬼怪。」

郭果反駁：「大小姐，這分明是階級鬥爭！害死人的野雞學校才是一切悲劇的根源，我們需要團結所有力量！」

鄭晚晴：「然後開始內戰。」

郭果：「……」

兩人話不投機爭執不下，這時十三號已經睜眼醒來，咯咯轉動的眼球布滿血絲，對上唐心訣平靜的面孔。

唐心訣：「節哀。」

十三號頓時激動起來，卻發現她的雙手不知何時被綁在床頭，無法去抓唐心訣，只能惡狠狠道：「妳們是不是早就知道什麼？是不是已經和學校那些東西商量好了，和它們是一夥的？」

鬼怪是很容易失去理智的，它們偏激易怒，憤怒時往往無法思考，用充滿攻擊性的本能行動。

對此唐心訣早有預料，她直接扔下一道冰凍三尺符，將整個床的範圍凍了起來，讓十三號在裡面動彈不得。

「這樣或許妳會冷靜一點。」

十三號：「……」她很冷靜！她是所有同學裡面最冷靜的！

她只是，只是一時間有點無法接受……

透過十三號咬牙切齒的敘述，眾人才知道它們剛剛發狂的原因。

原來當它回憶起當初提出建議，並成功讓她們信服的「同學」，想找時卻發現對方已經不知所蹤。

消失的不僅僅是那隻鬼，還有將近十幾個同學。以前因為數量大又沒有目的的活動，沒仔細數過人數，直到此時它們怎麼召喚都召喚不來，才發現不對勁。

「她們不可能是自己跑的，平時都很安靜。」十三號咬牙恨恨道：「肯定是被拐走的！」

安靜，代表已經失去了神智，終日渾渾噩噩，就算被拐走了也無法求救。

歐若菲身體裡的鬼也睜開眼睛，欲言又止：「我剛剛問了一圈，小蕊說她想起來，那個提建議的鬼以前好像在學生會工作，和教務處聯絡也很頻繁，所以……」

十三號不可思議地問：「這麼重要的消息，為什麼以前不說？」

歐若菲委屈：「在黑暗裡待久了，不習慣動腦袋，退化了很正常嘛。」

這次它們集體甦醒活躍，還是因為副本開啟有新鮮活人進來的緣故。

十三號無言以對，半晌肩膀一塌，頹喪道：「如果那個真的是內鬼，消失的同學很有可能是被拐到教務處那裡去了。」

教務處打不過怨氣沖天且數量龐大的學生，但如果學生落單，它們就有機可乘。

「歐若菲」焦急不已：「那她們豈不是很危險？教務處那麼變態！我們要趕緊找回來啊！」

「教務處那群人比千年的王八還能藏，我們又困在這裡出不去，怎麼找？」

「可是……」

「我們可以幫妳們找。」

唐心訣的聲音忽地插入，打斷了鬼怪的對話。

她指了指自己，又指向旁邊全副武裝的考生們，聲音清冽：「妳說過，如果占據我們的身體，就可以向教務處復仇。說明我們屬於這個副本的變數，受到的限制比妳們更小，行動也更自由。」

十三號一愣，「妳是說……」

她的神情古怪而狐疑，不太相信人類考生的承諾。

畢竟生前學校那群人畫餅時，一個比一個侃侃而談，卻全是謊言。

唐心訣笑笑：「有沒有想過，如果妳們沒發現計畫有問題，會是什麼結果？」

「兩種可能性。第一，妳們成功在三天之內全部替代我們，然後滿心歡喜等著離開副本，卻發現根本無法離開，輕則永遠被困死在這裡，重則在考試規則懲罰下灰飛煙滅。」

「第二，妳們沒能成功在三天內替代我們。三天之後衛生檢查結束，我們徹底失去通關機會，很快會衰弱死去。妳們也依舊被困在這裡，隨著時間越來越渾渾噩噩，甚至終有一天，連復仇這件事都忘記了。」

聽著唐心訣的話語，明明已經不是人類，幾名鬼怪還是起了一身雞皮疙瘩。

所有的假設結局，都指向一個最終獲利者：隱藏在暗處的黑心校方。

校方甚至什麼都不用做，只需要故意不通過考生的檢查把她們扣在這裡，就可以坐等考生與學生鬼們廝殺，然後坐享漁翁之利！

鬼怪喉嚨裡吐出憤怒的聲音：「規則偏袒它們！」

「不，規則是公平的，所以我們來了。」唐心訣直視著鬼怪的眼睛：「我們本來不用成為對立面——考試規則有告訴妳們殺死我們嗎？考試規則有告訴我們對抗妳們嗎？」

「——沒有，我們從頭到尾只收到一個明確指示，那就是衛生檢查。而衛生檢查唯一的阻礙，就是校方。」

十三號張了張嘴，卻不知道該怎麼反駁。

它們的確是主動鎖定了目標，又主動發起攻擊……在什麼都不知道的情況下。

唐心訣收起馬桶吸盤，平和目光中隱藏著洶湧的暗流。

「相反，如果妳們願意幫助我們，我們就可以打破副本桎梏，找到共同敵人的藏身之地。有怨報怨有仇報仇，或許直到那時，才能讓妳們真正解脫。」

「這個副本之所以存在，就是建立在校方與妳們互相制衡的基礎上。如果沒了教務處，它還會保持現在的狀態嗎？一個殘缺的副本，還能困住妳們嗎？」

固有的邏輯被反向拆解，最後得出的答案竟令鬼怪們有些恍惚。

原來她們想要的自由，沒有那麼複雜？

甚至……就在眼前！

十三號澀聲開口：「我們需要商量一下。」

唐心訣：「希望不要太久。」

五分鐘後，雙方順利達成口頭協定。

一想通，學生鬼們的態度幾乎是迫不及待。她們無時無刻不想親手撕碎校方，如今終於有了希望，再加上被利用的新仇舊恨，怎麼能不激動？

為了表示臨時統一戰線的誠意，鬼怪一方甚至直接撤掉了對歐若菲和十五號女生的控制，只是兩人依舊處於昏迷狀態，一時間醒不過來。

占據十三號身體的鬼怪作為鬼方代表，一改之前陰狠的態度，說話都變得禮貌起來。被詢問名字時，她有些扭捏：「我只記得自己姓姜，不記得名字了，所以通常同學們叫我姜冰殤，有時候也叫姜殘淚。」

眾人：「……」

郭果幽幽道：「我現在總算知道殤櫻紅這些名字是怎麼來的了。」

怎麼這個遊戲裡的鬼怪，都對瑪麗蘇名字情有獨鍾嗎？

「好的姜同學。」唐心訣點點頭轉回正題：「我看了妳給出的行動範圍，只限於屬於鬼魅的地下空間與我們所處的這條走廊。」

「所以校方藏匿之處，妳們必定沒去過，我們也沒去過。」

所有人沉默兩秒，異口同聲：「九一九和九二一！」

第四章　女宿舍的男鬼

九一九和九二一落灰的門前，站著十幾個嚴陣以待的考生。

鄭晚晴興奮地召喚出【鐵錘大的拳頭】，殘缺的右臂頓時重新變得完整，「我已經看它們不順眼很久了。」

現在她終於可以光明正大拆門了！

姜同學抱臂站在一旁，不太樂觀地撇嘴：「我們試過很多次，最多只能進入門後兩公尺的位置，再深就無法繼續。」

在它看來，人類考生連門都進不去，還不如它們呢。

唐心訣提醒：「一切小心，感覺不對就立刻退回來。」

「放心吧。」

鄭晚晴揮起拳頭，狠狠朝塵封的木門砸下！

「轟！」

塵土飛揚，鄭晚晴咳嗽著走出來，一臉懷疑人生：「……沒砸開。」

她的鐵拳連瑪雅斯奶奶房子的牆都能砸穿，竟然砸不開如此單薄的一扇木門？

五號和六號立即閃身而上，「我們來試試。」

話音未落兩人舉起手臂，火焰從噴火槍中咆哮而出，瞬間淹沒了九一九的大門。

十餘秒後，火焰隨著噴槍收回而消散，只在門上留下兩道焦黑痕跡。無論是鐵鎖還是門板都紋絲不動。

眾人面面相覷：連破壞力最大的噴火異能都不行？

鄭晚晴和五號姐妹又不死心地跑到九二一門前試了一次，結果還是一樣——半條裂縫也沒出現，彷彿攻擊了個寂寞。

郭果揉了揉眼睛確認自己沒看錯：「這是木門？開什麼玩笑，合金鋼甲防彈門吧！你們學校是不是把武器庫藏門後面了，才弄得這麼固若金湯？」

姜同學用十三號的身體聳肩：「妳看，我們早就說過了吧。」

事實證明，不僅它們的陰間方法對這兩扇門無效，陽間也是此路不通。

唐心訣拂開空中的火星和灰塵，在門前檢查半晌：「它們應該被施加了某種禁制，並不是物理防禦，更像是將我們的攻擊無效化了。」

怎樣才能對這兩扇門造成真實傷害？

寂靜中，珂珂忽然邁出隊伍。

蔣嵐低聲叫了她一下，最終沒有阻止，只輕聲道：「……要小心。」

珂珂擺了擺手，拆下脖子上纏繞的繃帶，露出密密麻麻交錯蔓延到下顎的黑色符文，看得眾人呼吸都輕了一瞬。

原來，這就是三號身上纏繃帶的原因嗎？

「縱火犯和拳擊手，做好馬上攻擊的準備吧。」墨鏡也被她摘下來。

唐心訣輕微挑眉，隱隱預料到即將發生的事。

望著往這邊走的珂珂，五號不明所以：「妳要……」

「噓。」珂珂食指抵住唇，「不想被嗆就別問，氣哭我可不管。」

她站在門前，閉上雙眼，慣常與毒舌綁定的嗓音低沉下來，彷若夢囈：「眼見為虛，口言為實。在接下來十秒內，我面前的兩扇門將與普通木門一樣，具象化一切外界力量的破壞……」

珂珂睜開雙眼：「……以真理之名。」

某種東西不一樣了。

唐心訣敏銳捕捉到這一點，馬桶吸盤如疾風般撞向九一九的門。鄭晚晴的拳風後發至上，兩股力量交疊落在門上，隨著一聲巨響，木門轟然破損！飛濺的碎塊鐵片席捲著擴散開，處於波及範圍內所有人立刻擋住頭，向隊友掩護的方向極速後退。

蔣嵐闖進氣流中央把險些軟倒的珂珂拖出來，後者卻竭力睜眼看向另一邊，眉頭緊擰得像麻繩：「時間還不夠。」

唐心訣這邊的門已經洞開，五號、六號負責的九二一那邊卻還沒完全燒化。

十秒轉瞬過去，眼見落在門上的攻擊又要失效，珂珂一咬牙繼續說：「穿破虛假的迷霧，攻擊有效時間將延長至二十秒！」

話音落下，漸弱的火勢霎時間迎風而漲，將門澈底吞沒。

這是……眾人恍然大悟。

言靈！

珂珂使用的言靈顯然是有代價的。鮮血斷線般從她嘴角落下，怎麼擦都擦不乾淨。整個人彷彿被抽乾，以肉眼可見的速度蒼白枯萎下去。

九二一大門在燒灼中分崩離析，變形的門框敞開黑黢黢的洞口。至此，兩間封鎖已久的寢室終於打開，露出裡面的模樣。

「妳們、妳們真的做到了？」

最先闖進去的是姜同學，她不可思議地喃喃自語，在裡面興奮不已地亂轉。等眾人找到電源打開燈光時，她已經把兩個屋子全部找完，臉垮成一團：「沒有，一個都沒有，她們都不見了。」

追問後眾人才知道，她指的是原本就在這裡的學生鬼魂們。也正是考生接收記憶中，提醒九一七的學生們快跑的那些鬼影。

郭果疑問道：「妳們不是一起的嗎？」

根據姜同學的自述，她們就是記憶畫面中每夜在八樓幽幽哭泣的聲音來源，也是遊戲開始前就被學校害死的學生。在眾人理解中，學生鬼怪應該都是同一陣營才對。

但從現在的反應看，她們好像並不瞭解九樓的資訊？

「等等，我有點茫然，誰能解釋一下？」五號茫然舉起手，「這副本裡到底有多少鬼？」

唐心訣送了一顆治癒精神力的藥丸給珂珂，向蔣嵐確認過安全，才點頭轉身為五號解釋情況。

「從種族上講，這個宿舍副本裡有兩方陣營，一方是遊蕩的鬼魂，一方是我們這些考生。而從鬼怪的角度看，也同樣可以分為兩個陣營，一方是原本的學校管理者和倀鬼，包括學生會、舍監，教務處等。一方是生前被迫害的學生。」

「但現在看來，學生們被宿舍進一步分化了，是嗎？」

姜同學掰手指頭算了算，垮著臉點頭：「……沒錯。」

宿舍共有九層。

早在所謂「副本」形成前，一樓到八樓就已經不住活人了。

就連九樓的三間寢室，也只有一間九一七住著最新招來的學生——即記憶畫面的視角主體，除此之外就是九一九與九二一的「行屍走肉」，也隨著她們一起被黑霧吞沒。

姜同學是八樓的學生，準確的說，是去年被招入這所學校的受害者。她們被困在下面渾渾噩噩不知多久，好不容易踏足九樓，卻發現這裡已經人去樓空，只有剛變成鬼怪的學校管理者。雙方打了一場，教務處發現不敵學生們，就無比賊地跑路藏匿至今。

唐心訣總結：「如果教務處變成了鬼，那麼九一七的學生應該也成了鬼魂。另外兩間寢室更不用說……但現在事實卻是，她們全都消失不見，只留給考生們一段記憶。」

「會不會是被教務處害了？」郭果下意識問出口，反應過來後自己都不願意相信。生前被迫害也就算了，如果連死後都被二次迫害，那也太慘了！

姜同學頭頂黑氣陣陣：「他們敢！」

「這種可能性不大。九樓的學生鬼魂如果數量齊全至少四十個以上，就算和教務處當場對峙互毆，也不可能在短時間內消失得一乾二淨。」

唐心訣指出不合邏輯的地方，得出結論：「想要瞭解九樓發生過什麼事，還是要問當事人才行。」

而唯一親眼目睹過一切的人，只有教務處。

五號一拍手：「好了我懂了。所以還是要找到教務處，才能逼問出真相！」

姜同學也認同：「沒錯，當初我們還沒搞懂情況，才不小心讓他們跑走了，這次再抓住，呵呵……」

她把手指掰得咯吱咯吱作響。

十一號和十二號弱弱開口：「那個，打擾一下，妳正在擰的是我們室友的手，力氣太大好像要骨折了，能不能輕點？」

萬一真折了手臂斷了腿，十三號該怎麼辦呀！

姜同學：「……哦，沒身體太久，差點忘了這回事。」

一行人不再廢話，專心在兩間屋子裡找線索。

這裡面的房間布局和九一七簡直是複製貼上，同樣是十六張床位和簡陋狹窄的活動空間，說是女子監獄都不為過。翻箱倒櫃找了一陣子，眾人還發現了一些似乎是學生生前留下的物品。

「心訣，妳看。」張遊從櫃子深處拿出幾張紙，上面血跡斑駁地留著歪歪扭扭的字跡。

——不要相信他們說的任何話……快離開這裡……

——快離開學校……快跑！

唐心訣接過紙：「我們之前在洗手間看到的血字提示，應該就是這些學生留下的。」

她們想要提醒的對象，應該是當時在九一七生活的女生們，只可惜已經物是人非。

其他人也陸續發現了日記本、照片相簿等物品，以及已經損壞的手機。這些事物記載了學校的惡行和罪證，還有牆角床頭的斑斑血跡為證明。

姜同學也被勾起了痛苦回憶，咬牙切齒道：「他們把學生騙進來後，用暴力手段管制，經常鬧出人命。後來不小心被家長找上門來，花大錢擺平後才有所收斂，改成了禁閉等刑罰。」

但即便如此，也很少有人能活著走出這所學校，最終都成為了宿舍裡永不瞑目的冤魂。

聽完講述，眾人感覺不可思議。郭果問出一直積在心中的疑惑：「死了這麼多人，難道沒人管嗎？沒人報警嗎？」

一整個宿舍的失蹤人口，牽扯的不僅是數百個花錢把孩子送來讀大學的家庭，還有數以萬計的關係網，竟然能屹立不倒這麼久？

被問到這點，姜同學臉上露出一絲迷茫：「我不知道……從來沒有人管過他們。就連被家長找上門來也只有零星兩次，最後都無疾而終。」

這所招搖撞騙，破破爛爛的學校，究竟怎麼在現實世界維持下來的？她們也搞不清楚。

一層又一層謎團，或許只有抓住教務處那些人才能搞懂了。

抱著一肚子疑惑，眾人鉚足全力在寢室裡翻找。受傷或身體行動不便的人則在床上休息。五號還特別翻出一塊糖跑過去慰問珂珂，為之前吐槽她毒舌道歉。

「珂珂同學對不起，我不知道原來妳的異能是言靈，還在背後偷偷說妳壞話。」

五號雙手合十：「妳肯定是因為異能的代價，不得不毒舌的！」

珂珂在墨鏡下面翻了個白眼：「妳就不能想點好的，比如我天生就這麼嘴臭？」

雖然這麼說，她還是收下了五號的糖，掰成兩半和同樣躺在床上養傷的阿念分著吃。

真香。

幾分鐘後，鄭晚晴搜尋的位置有了新發現。

她氣沉丹田大喝一聲，用力搬起一整座櫃子，將它向前挪動數十公分，露出後面的景象：在本來應該是牆壁的地方，赫然有著一個半公尺高的裂洞！

「這是……」

眾人圍了過去，發現裂洞後面仍舊是黑黢黢的空間。

「手電筒光線照不到盡頭，說明空間很大。」

蔣嵐湊近查看片刻，起身時有些猶豫：「我要照顧珂珂和阿念，恐怕不能進去探索。

大家……」

「妳傻啊，這種事交給我們不就行了。」

姜同學哼一聲拍拍手，周圍頓時颳起一陣陰風，盤旋了數十秒後，她臉色又是一垮：

「怎麼回事，進不去？」

女鬼魂們的反映是，她們無法進入洞外空間，像被某種無形的力量隔絕了。

又是這種情況！

鬼出不去，就只能靠人了。

眾人互相對視，有幾個正要主動請纓，卻聽到唐心訣的聲音：「我來試一試。」

她走近洞口卻沒鑽入，而是閉上雙眼，調動精神力如伸展的絲線般向外蔓延，那是她另一雙可以移動的「眼睛」。

精神力順利進入黑暗空間中，感知著空間的輪廓與邊界，一步步向外蔓延——

忽然，某樣東西出現在「視野」裡，唐心訣想都沒想就睜開眼提醒：「全都後退！」

說時遲那時快，一大群嗡嗡振翅的黑色飛蟲如潮水般從洞口湧了出來，直撲向眾人！

「靠，是之前那群假冒偽劣的男鬼？」

緊張的流程下眾人都快把這一事忘了，此時猛地想起來。

「難道他們是學生會的？姜同學這什麼情況……嘔好臭的蟲子！」

五號抬手就要噴火，卻看見黑蟲堆裡似乎有正在呼救的人影，連忙攔住六號放手，結果下一秒人影變成蟲子組成的骷髏，獰笑著撲了上來。

「啪！」

一隻腳踹到骷髏身上，沒有任何異能加持，卻令骷髏停在了原地。

姜同學操控著十三號的身體擋在骷髏前，臉色差到極點。

「都別說話，我需要先確認一點。」

「——我們女宿的地盤，竟然有男鬼？」

考試剛開始男鬼在門外搞事時，姜同學一干鬼等還沒從八樓爬上來，等到終於附身了十五號，又錯過了最開始的鬧劇。以至於在資訊差下，竟然不知道還有這麼一撥存在。

姜同學震驚了，想都沒想就用十三號的身體擋住了骷髏，直到小腿傳來不堪重負的輕微碎裂聲，才在十一和十二號泫然欲泣的目光下訕訕收回腿，對空氣揮了揮手：「全扣下！」

烏泱泱亂飛的蟲群被一陣旋風捲起，很快被壓到地面上悉數碾碎，留下一地碎渣。

陰風呼嘯著衝向裂洞，被擋在洞口出不去，便憤怒地撕扯牆面，把整面牆都弄得簌簌抖動，順便切碎了想偷偷逃回去的骷髏。

骷髏：「……」

裂洞外寂靜的黑暗忽然有了動靜，彷彿有東西在窸窸窣窣向外爬，立刻被唐心訣的精神力捕捉到：「它們要跑！誰能把它們抓回來？」

蔣嵐馬上捏出一顆滴溜溜轉動的金色圓球，照著裂洞一拍，厲聲道：「開！」

金色圓球噴射出一張巨大的蜘蛛網，落入黑暗空間，立時激起幾句驚呼和叫罵聲。

「我靠這什麼東西？」

「快跑快跑！」

「跑個屁，老子不能動了！快回來救……你怎麼還在跑？」

「你放屁，我才沒跑，是你在往後挪！」

叫罵求助的聲音猛地一滯，緩緩轉過頭，與屋內眾人目光交匯，

原來在它們驚慌時，蜘蛛網已經被眾人合力拉進一大半，捆在網中的東西被室內燈光照到，露出了真實面貌。

透過裂洞能看見，這是幾個與她們年紀相仿的男生，只是渾身上下似乎在泥潭裡滾了一遍，被黑色液體糊得看不清模樣，像上岸的魚一樣在網裡撲騰掙扎，叫罵聲嘔啞刺耳。

直到被同伴提醒，它們才意識到現狀，愣愣看向寢室內——

蔣嵐皺眉：「活人？」

郭果睜大眼：「泥巴怪？」

鄭晚晴目露凶光：「在寢室外整我們的就是這麼幾個東西？」

更離譜的是，這幾個既不像是正常人，又有實體不像鬼怪的「男生」，怎麼會出現在女生宿舍的牆壁破洞裡？

或許是見已經被發現，幾個男生乾脆一不做二不休，咯咯怪笑兩聲把嘴咧到極大，大量黑乎乎的蟲子從裡面如潮水般噴出！

眾人連忙退開，哪怕已經不是第一次考試，親眼見到這一幕也難免胃酸上湧，一陣生理性的噁心感湧上頭皮。

姜同學冷笑：「活人可不會從嘴裡吐蟲子，但要是已經被替代的『活人』，就不一定了。」

陰風打著捲呼嘯而過，蟲群被瞬間絞碎。而外面的男生本想趁著襲擊的時間逃跑，可這蜘蛛網不知是什麼做的，黏性強到連蟲群都啃不開。一抬頭又發現剛吐出的蟲子已經全軍覆沒，只剩下姜同學對著洞口的陰森臉龐。

「……」

男生乾巴巴打了個招呼：「嗨，美女妳好。」

下一秒姜同學張開嘴，舌頭掉出一公尺長，想要絞住他們的脖子，可一進入黑暗中就像被什麼東西壓住了，怎麼用力都伸不起來。

原本漏氣氣球般的幾個男生發現這一點，頓時又囂張起來，哈哈大笑：「還以為多厲害呢，原來出不來啊！」

「地縛靈裝什麼貞子啊，就這就這？」

姜同學氣得黑氣湧動，剛要尖叫卻後脖頸一緊，被唐心訣拎著後頸拽離洞口，取而代之的是一支快狠準的馬桶吸盤，直接扣住最前方男生的腦袋。

男生像被踩中尾巴，歇斯底里尖叫起來：「普通人也敢攻擊我，老子會把妳扒皮……痛痛痛痛痛！」

橡膠頭上強大的吸附力將他拉到裂洞口處，痛呼聲中唐心訣掐住他的脖子：「那麼，你們是什麼東西呢，來自我介紹一下吧。」

話音方落，馬桶吸盤把男生腦袋，硬生生從裂洞口薅了進來！

落在燈光下的男生頓時慘叫連連，皮膚如被灼傷般滋滋作響，在地上翻來覆去打滾，沒過幾秒就開始求饒：「別殺我們，我們也是要找教務處報仇的，我們是一夥的！」

「報仇」這個字眼，令所有人眉頭一動。

能用到這一詞的，只有原本被教務處坑害的學生鬼……所以這幾個男生也是學生鬼？

唐心訣在這一分鐘裡如法炮製，將被蜘蛛網困住的男生全薅了進來。精神力再探向黑暗時，剩下的同夥早已經溜得不知所蹤。

姜同學則檢查了這些人的身軀，嫌棄地抹掉手上黑色液體：「不用想了，這些身體早就死了，被它們占用罷了。」

只見這些「男生」的脖子上隱隱露出大片青斑，渾身透著一股腐爛味，黑泥下的臉早已扭曲得不成形狀。如果不是隱藏在黑暗中，也不至於讓人混淆。

姜同學問出執著的問題：「說，你們是怎麼混進女宿的？」

一個男生囁喏回答：「我們也不記得了，飄著飄著發現這個破洞，然後就混進來了……」

蔣嵐冷眼：「你把我們當傻子？」

無論是裂洞還是九一九宿舍，都被一股力量封鎖著，姜同學一行鬼都穿透不了，這些男鬼怎麼能來去自如？

男生尤在掙扎：「我們真什麼都不知道，誰知道妳們為什麼出不去，說不定是因為太弱了呢，可能我們天生就強一點……」

姜同學一把薅光他的頭髮，看著血淋淋的髮根嗤笑：「你們連奪活人的身體都只能先搞死了再拿，這麼 Low 的技術還好意思說自己強？」

驟然變禿的男鬼：「……」

它不甘心還要反駁，卻被唐心訣的聲音打斷。

「無論用哪種方式奪取身體，前提條件都只有一個：首先要有活人。」

她蹲下身貼近，巡梭的目光落在這幾具正在腐爛的身體上，竟令鬼怪後背升起一絲寒意。

幾秒後，她輕聲開口：「所以，這些沒死多久的人類男生身體，是從哪裡來的？」

男鬼試圖裝傻：「我聽不懂妳在說什麼。」

唐心訣：「那我再多說點——身體爛得很快，但衣服是新的，黑色液體應該是在裂洞外蹭上的。那個空間可以容納許多成年身體來往通行，從大小和行動方式看，應該是一條走廊。」

「而在這條走廊裡，曾經出現過和我們一樣的學生，他們被你們殺死取代。大概也是借此，你們找到了離開原生環境的方法，並順利找到我們這邊。」

「只可惜你們沒什麼本事和膽量，就算提前掌握了一部分資訊，也只敢過來冒充舍監搞偷襲。並在發現女宿的鬼魂甦醒後，怕得立即跑路龜縮在這裡——這樣說，你們記憶是不是突然清晰了一點？」

「……」

就算鬼怪不說，眾人甚至包括女鬼們也明白了。

這些情況背後透露出的資訊量，遠超她們最初的想像。

蔣嵐眉頭緊鎖：「這個副本裡，不只有我們一群考生？」

姜同學恍然大悟：「這層宿舍，不只有女生宿舍？」

蹲在地上宛如死魚的男鬼也一激靈，睜大眼看向蔣嵐，目光又移到唐心訣一行身上：

「什麼東西……考生？」

它一個死魚翻身：「妳們竟然還是活人？等等，妳們要是活人，她們怎麼在這……不可能啊，妳們沒打起來？」

在地上撲騰的鬼怪都不可思議地抬起頭，它們原以為這群女生早就被女宿原住鬼占據支配了肉身，從沒想過兩方竟然能和諧共存。

女宿舍原住鬼們昂首挺胸：「聽說過什麼叫做臨時統一戰線嗎？」

連聯盟合作都做不到，還嘲笑她們是地縛靈？呵，土鼈！

鬼怪有鬼怪的交流方式，人有人的交流方式。

在姜同學委婉表示它們拷問同類的場景可能有點反人類後，想起男鬼吐蟲子的景象，眾人默默退出九一九大門，留下足夠的發揮空間給它們。只有擔心十三號身體的十一號兩人在裡面看守。

數分鐘後慘叫聲停歇，大門重新打開，面如土色的十一號和十二號奪門而出跑去廁所，哇哇嘔吐聲從遠處響起。

姜同學站在九一九裡打招呼，「不好意思，剛剛有點用力過度，這具身體兩條手臂都脫臼了，誰能幫我扶正一下？」

走上前，唐心訣看到男鬼的數量少了兩個，地上多了一灘不明的肉泥和黑色液體，剩下的鬼怪也奄奄一息，再也沒有撒謊的力氣。

這次，它們什麼都說了。

「所以女寢室的背面就是男寢室，兩種宿舍合併在同一棟宿舍裡，中間隔著一條走廊……」

根據鬼怪交待的資訊，唐心訣迅速畫出了新的布局圖。

她們本以為是由一條走廊和三間寢室組合成的九樓，原來另有洞天。

按照男鬼的說法，這棟樓原本是棟辦公大樓，校方為了讓內部構造看起來像宿舍，就在中間打了兩堵牆分成男宿舍和女宿舍，中間隔出一個密道般的走廊，還可以隨時監視學生。

「我們本來是男宿舍那邊早就死了的，結果有一天忽然發現自己能動了，還看到有活人住進宿舍。然後我們就收到通知，說這裡變成了考試副本……」

男鬼的回憶與女生這邊大同小異。他們一開始也想找教務處報仇，卻發現被禁錮在寢室內怎麼都出不去，於是便把目標對準了剛剛入住的「考生」。

男宿舍那邊的考生理所當然把學生鬼當做副本Boss，幾天後兩敗俱傷。鬼怪雖然成功奪取了許多身體，有幾個鐵板卻始終啃不下來。直到……

「直到通關時限結束。」唐心訣眸光微動，「然後發生了什麼？」

男鬼沮喪道：「誰知道那群考生忽然發什麼瘋，說什麼被騙了，出不去了，然後就開始破壞我們宿舍。沒想到竟然還真被他們闖出來了。但是我們卻出不來，只能眼睜睜看他們離開……後來不知道過了多久，我們漸漸能出來了，就發現教務處留下的祕密基地，只可惜裡面一隻鬼都沒有，不知道學校那群龜孫藏到哪裡去了。」

「再然後，我們感受到女宿舍這邊有活人出現，就想閒著也是閒著……」

之後發生的事，眾人已經知道了。

姜同學只感覺無力吐槽，氣得七竅生煙：「所以你們白白醒來這麼久，連教務處的影子都沒抓到？」

這麼多被校方害死的鬼魂還在宿舍遊蕩，卻讓校方安安穩穩躲在某個不知名角落，利用幾個倀鬼就把學生挑撥得分崩離析，簡直是奇恥大辱！

男鬼卻十分認命：「唉，我們要是這麼厲害，生前也不至於被這破學校搞死了。」

再說，他們和考生打架時，力量就被消耗得差不多了。就算現在找到教務處，也是弱雞一盤趕著送菜，還不如安安分分在這裡待著呢。

五號聽明白了：「你們什麼心態啊，自己搞不過學校也不想別人好過，還特地過來搗亂？」

她義憤填膺指指點點，就見唐心訣抖了抖剛完成的地形圖給幾隻男鬼看：「有什麼出入嗎？」

對方生無可戀抬起眼皮：「還行吧……不對，走廊畫短了。」

它抬起一根手指比劃：「這條走廊特別特別長，長到什麼程度呢，我們本土鬼都會迷路。不是我吹牛，換成妳們來，妳們也找不到教務處藏在哪。」

唐心訣點頭：「沒關係，你們已經摸過一次路了，我們踩著前人的經驗走可以事半功倍。」

男鬼：「……」

又詳細確認了其他資訊一番，眾人簡練商量過後，立即著手準備進入裂洞後的走廊。

她們已經檢查過，九一九和九二一靠近牆角的部分都有這條裂洞，連接的也是同一片空間。這些洞並非男鬼所為，多半是教務處以及倀鬼用來出入的通道。

十有八九，他們就藏在這條走廊裡！

女宿舍眾鬼因為那莫名其妙的限制尚無法離開這裡，姜同學只能眼睜睜看著她們做準備，「如果妳們找到教務處那群狗東西，一定要第一時間解除我們的封印！我們可是盟友！」

唐心訣：「放心，妳們是重要戰力，到時候就算妳們不想幹了，拖也要把妳們拖過去打架。」

姜同學這才鬆口氣，大手一揮：「不方便行動的傷患都交給我們好了，反正也是我們的鍋，放心吧一定保證她們安全。」

之前在夢境中受傷的阿念，還有附身後尚處於未清醒的虛弱狀態的十五號與歐若菲，都屬於行動不便人士。剩下的人中，十一和十二號糾結片刻，選擇留下。一是因為她們有兩個室友在這裡實在不放心，二也是因為她們實在沒什麼戰鬥力，碰到惡鬼連抵抗都做不到。

相比之下，她們寧願和女鬼待在一起，還能得到些許安全感。

「那就這麼決定了。」

清點完人數，十個人整裝待發。男鬼在角落摸著自己的禿頭偷偷冷哼，正在心裡偷偷詛咒她們，下一瞬卻被拎了起來。

男鬼：「抓我幹什麼？」

鄭晚晴單手薅他像薅個雞崽子：「我們要有個指路的，我看你挺適合。」

「我靠我靠等等美女，我看妳長得這麼好看，怎麼心腸這麼狠毒，我現在就是一個孤魂野鬼，妳也忍心抓去當炮灰？」

無視鬼怪瘋狂掙扎，鄭晚晴把他扔到隊伍前面，擰了擰手腕：「我的拳頭更好看，還能治好你的禿頭，要不要看看？」

男鬼：「……怎，怎麼治禿頭？」

女生涼涼道：「很簡單，變成斷頭不就行了。」

「……」

第五章　男生宿舍

沒給鬼怪反抗的時間，眾人相繼鑽出裂洞，進入未知的黑暗空間。

數支手電筒照亮周圍環境，這果然是一條長而窄的走廊。只是牆壁地面和天花板都覆蓋著未知的黑色液體，踩上去黏稠冰冷，令人十分不適。

張遊採集了一部分到收集瓶裡：「這些液體可能是教務處留下的。」

會不會就是它影響了學生鬼魂，使其即便發現了通道也無法離開所屬的宿舍範疇，保證校方鬼怪的藏匿和安全？

眾人打起十二分警惕，在走廊裡小心翼翼摸索著前行。

男鬼卻毫不在意：「一群膽小鬼，怕什麼，我都來回走一百遍了，這裡毛都沒有！」

鄭晚晴押著它，半句話都不相信：「危險可不是你說沒有就沒有的。」

「切，」或許是涉及它有經驗的範疇，男鬼語氣頓時有底氣起來：「妳們隨便走，哪怕碰到一根毛，我把腦袋切下來給妳們當球踢！」

「噗簌——」

幾團黑乎乎的毛髮忽然在眾人面前墜下，掉落在地上。

男鬼：「……」

幾人無聲抬頭，手電筒照在簌簌聲響起的地方，映出一個通風口，頭髮從狹窄的欄縫中一條條擠出來，如同在碎紙機中翻滾。

先是頭髮，然後是帶著血沫的皮膚，再然後是被擠壓變形的肉，拉絲般一條條垂下——這是一具被硬生生從通風口壓下來的人！

男鬼愣怔幾秒脫口而出：「小錢？」

即便掉下來的一條條血肉根本看不出身軀原本的模樣，它還是從鬼怪角度認出了同伴身分。

「這是你們新的攻擊方式？」病懨懨靠著蔣嵐的珂珂冷眼開嘲諷：「能不能弄一個不這麼噁心的？」

先是蟲子人然後麵條人，攻擊性不強，倒是很辣眼睛。

誰料男鬼也一臉茫然：「不是啊，這……」

它撓撓頭伸手去拽空中的頭髮：「喂兄弟，你在幹什麼？」

黑乎乎的頭髮被拽住的瞬間，碎肉「噗」一聲爆開，血霧從通風口飛濺落下，淋了了眾人滿身！

濃郁腥臭的氣味讓部分人忍不住生理性乾嘔，被迅速護到後面。唐心訣和蔣嵐幾人脫下外套揮開空中血霧，通風口只剩下滴落的血跡。

「咚咚」兩聲，兩顆眼球掉到地上，滾到她們腳前。

男鬼被變故弄得呆住了，就要愣愣撿起眼球，被唐心訣直接推開，一根冰錐貫穿下去，一雙眼球也噗嗤爆裂。

絲絲黑氣從碎沫裡飄起，繞過唐心訣朝後方撲去——它的目標是男鬼！

唐心訣察覺到這點時，蔣嵐已經用道具把黑氣撲滅。男鬼還沒反應過來，目瞪口呆道：「我，我兄弟呢？」

「你兄弟已經死了，第二次。」

唐心訣蹲下身，從血泊中挑起兩塊眼球裡掉出來的物體：兩隻紅色的甲殼蟲。

紅色甲蟲已經死透，上面殘餘的陰冷氣息仍被她捕捉住——「這是鬼怪的手筆。」

和男鬼一夥來自男宿舍的鬼怪有七八個。

從其中四個在九一九被她們捉住，剩下的腳底抹油跑路，到現在只過去了不到半小時。

在這半小時裡，逃跑的學生鬼被另一波鬼怪殺死，屍體從通風口擠成碎肉和血沫，掉落在她們面前。

是示威……還是恐嚇？

郭果壯著膽子走上前，一看到唐心訣手上的蟲殼就臉色一變：「心訣妳妳，怎麼拿兩個眼球在手上？」

「眼球？」唐心訣皺起眉若有所思。

這時郭果又揉了揉眼睛，神色一鬆：「原來是蟲子，我還以為是……」

還以為是眼球呢。

「……等等，」郭果後知後覺意識到什麼，聲音苦澀：「……剛剛不是因為我眼花，是嗎？」

自從有了陰陽眼異能，她視力好得離譜，從來沒有眼花錯看的事情發生過。

唐心訣給出肯定回答：「妳再用陰陽眼看看。」

沉默兩秒深呼吸，郭果再次打開陰陽眼，倒吸一口冷氣：「我看到的還是兩顆眼球，紅色的……它還在動！它看到我了！」

驚呼聲中，唐心訣毫不猶豫捏碎了蟲屍，再用馬桶吸盤將它們碾成齏粉，直到郭果什麼都看不見為止。

圍觀者有些驚魂未定：「這是什麼東西？」

「一個既能殺死鬼怪，又能監視的工具。」唐心訣將還在目瞪口呆的男鬼一把拽過來，「把你認識的所有同類都叫過來，現在。」

男鬼掙扎著：「這個要求太難了，妳讓我好好想想……」

唐心訣：「一分鐘內做不到，你的下場就和這兩隻蟲子一模一樣。」

她把灰燼揚到對方臉上，語氣加重：「立刻。」

對方顫巍巍抹了把臉，二話不說直接趴在地上開始叫人。它們之間溝通的方式有點像老鼠打地洞，在地上敲來敲去不知多久，男鬼臉色發白地起來：「全、全都沒了。」

除了被困在九一九的幾隻，剩下但凡流落在外面的，全都沒有半點蹤跡。

它想起唐心訣說的話，心驚膽戰道：「難道、難道真是教務處？」

一直藏匿聲息從不露面，讓學生鬼魂放鬆了警惕，卻又在學生分散時忽然襲擊……哪怕已經成了鬼，它也忍不住背後發涼。

幸好它們之前一直群聚飄蕩從沒分開過，要不然現在灰飛煙滅的恐怕成了自己！

女生們也互相對視。

如果是教務處所為，說明對方已經知道了她們的行動。

她們被盯上了。

唐心訣篤定：「同時也說明我們的方向是正確的，只有這樣才會讓它們產生危機感，進而百般阻撓。」

而她們要做的，就是突破一切阻撓，直搗黃龍！

眾人受到鼓舞，即刻重整旗鼓出發，而孤零零的男鬼被嚇破了膽子，主動幫她們指路：「往前二十多公尺的地方，對就是那個方向。那裡看起來是個死角，其實撕開兩邊牆皮，裡面有兩扇門。」

「左邊的門通向男生宿舍，右邊的門不知道裡面是什麼，可能是撿垃圾老頭以前住的屋子吧，裡面全是二手電器和垃圾，反正妳們不用找了，教務處不可能藏在那種地方。總之到時候，妳們把我送進左邊……」

「等等。」唐心訣打斷它的設想，冷眼問：「我們為什麼要把你送進男生宿舍？」

男鬼囁嚅：「……因為那裡，對我來說，可能比較安全？」

珂珂一針見血：「你想臨陣脫逃躲回老家，還想讓我們免費護送。」

男鬼立即漲紅了臉：「逃、逃什麼，回自己宿舍的事能叫逃麼，妳們不懂……」

唐心訣和蔣嵐卻已經一左一右架住它，提溜著直接轉了個方向：「既然如你所說，這個走道盡頭找不到教務處，那我們去相反的方向探索吧。」

鬼怪連忙叫號起來：「等一下！等一下！妳們不能這樣，這樣去找教務處就是送死！教務處根本不怕妳們，它們只害怕曾經害死的學生聯合起來……」

見沒人聽它的話，情急之下它顧不得隱瞞，把底牌抖了出來：「把我送回男生宿舍，我知道怎麼破解女生宿舍那些鬼身上的封印！只要把她們都放出來，保證妳們直接通關！」

或許是被同伴的死亡刺激到，男鬼現在求生欲爆棚，一點都不想正面對上校方，只想趕緊各回各家各找各媽。

在他的指引下，眾人將信將疑走到走廊盡頭，果然在牆後發現兩扇木門。右側的門已經被挖開一條裂洞，勉強可以供人側身擠進去。

黑色液體遍布四周，男鬼毫不在意蹭到身上，迫不及待就要往裡面擠，還催促她們：「快點啊，這東西碰上也沒關係，我試過無數次了，沒傷害的，別矯情啦。」

唐心訣還是從張遊儲物袋裡拿了一遝類似塑膠雨衣的道具，發給眾人披在身上，防止被黑色液體碰到裸露在外的皮膚。

「小心為上。」

整理好一切，她們才鑽進去。

「這裡就是……男宿舍？」

燈光打開，剛適應黑暗的眼睛緩和了幾秒，眾人被眼前景象震驚了。

整個寢室像被颶風颳過一般，桌椅床鋪全被掀翻，碎裂的玻璃、木渣、各種血跡飛濺在地面，根本無從落腳。

四面牆壁上濺滿了血液，連想都不用想就知道這裡以前曾發生過多麼激烈的戰鬥。

男鬼彎腰迅速穿過去：「嘖嘖，妳們要是沒和女宿那群鬼商量好，現在也會和這裡一樣。」

沒在女生宿舍見到血流成河的場景，它還有點失望呢。

穿過這間寢室，就進入另一條走廊——從布局上看，這裡與女宿那邊一模一樣。也是三間寢室一個洗手間，只不過這裡寢室的門牌號分別是九一六、九一八和九二〇。

「怪不得我們那邊寢室號碼只有單數，原來雙數在這裡！」

郭果恍然大悟，小心翼翼打量四周，彷彿打開了新世界大門。

不僅是郭果，所有人心情都有些微妙。

雖然處於同一樓層同一副本，實際上卻分成了男宿舍和女宿舍兩個「考場」，考試資訊並未透露還有另一方存在，如果不是抓住從男宿舍出來的鬼怪，她們可能根本不會發現這裡。

而現在穿過重重屏障來到男生宿舍，令人不由得有種跨越了兩場考試，甚至進入另一個副本的破壁感。

「這裡應該是考生最初進入的地點。」

唐心訣推開九一六虛掩的門，迎面撲來一股濃烈的燒焦味。

只見屋內一片焦黑，所有擺設和床鋪盡數成為灰燼，只剩下幾根支撐床鋪的金屬桿子歪歪斜斜豎在地上。如果不是一行人提前知道這屋子是用來做什麼的，恐怕根本猜不到原本是寢室。

男鬼回憶起某些景象，嘿嘿一笑：「當時我們幾個先發制人，搶到幾具非常不錯的身體。占據他們時人還沒死透，甚至能使用他們的異能。這幾個倒楣蛋的室友還不清楚情況，不敢對我們下死手……後來其他考生想了個狠招，直接把我們幾個兄弟關在寢室裡，一把火燒了個乾乾淨淨。」

「幸好老子反應快，及時從那具身體裡出來，換了個目標下手。」說到這裡，他咧開嘴撥起自己的頭髮，向眾人展示：「看我這具身體，就是當時那個有火系異能的傢伙。可能有異能的都比普通人頑強吧，妳們不知道他掙扎了多久……哎呦！」

男鬼哀號一聲捂住肚子，原來七號剛剛狠狠膝擊了他一下，聲音滲著涼氣：「在你們眼裡，人已經不再是同類，只是待宰的豬肉而已。呵呵，只可惜在教務處那些鬼怪眼裡，你們又何嘗不是一樣，愚蠢的怪物。」

「愚蠢的怪物」幾個字眼從牙縫裡出來時，七號眼中充斥著濃濃的厭惡，不只是對男鬼，而是對整個鬼怪群體。

蔣嵐微嘆：「在遊戲的世界裡，誰強誰就是獵手，弱的變成獵物。普通考生是鬼怪的獵物，鬼怪也可能變成更強者的獵物。每個人都要面臨生死交關和危機四伏，我們能做的只有儘量活下去。至少別死在這種傻子手裡。」

男鬼：「……」

它本來想描述考生死亡場景噁心一下眾人，現在只能悻悻收了心思，轉頭在屋子裡找來找去。

郭果小聲道：「其實也不一定，NPC分為很多種。有對人充滿惡意的，也有抱著善意的。」

張遊握住她的手提醒她不要多說，郭果不明所以地縮起脖子，一轉頭就對上了七號冷冷的眼睛。

「……」

七號面無表情轉過頭，「再善良的鬼怪也是靠吃人為生的。對鬼怪報以沒必要的善意和同情，就是在害死自己的同伴。」

說罷她不再開口，緊緊跟在男鬼後面監視，提防它搞事。

在全是灰燼的房間裡轉了圈卻沒找到什麼有價值的線索，男鬼撓撓頭：「時間太長記憶不太好，可能不是這個寢室，那就是在九二〇了！」

它急匆匆撲出去推開九二〇的門，一具屍體忽然從門上栽下來，直挺挺倒在眾人面前，嚇得有幾人短促驚叫出聲。

屍體已經腐爛得只剩下骨架，從衣服上能辨認出是個年輕男生，手裡還緊緊攥著幾張令人十分眼熟的防護符。

這是一個死在副本裡的考生。

男鬼習以為常地把屍體踢開，身體一縮就消失在門內。一行人連忙跟上，最膽小的郭果也不得不硬著頭皮走進去，假裝看不見屍體黑黢黢彷彿在盯著她們一樣的眼眶。

九二〇寢室的模樣，比另外兩個寢室更慘烈。

斷裂的肢體、碎肉、死不瞑目的頭顱散在各處。四面牆壁被血液浸透，將整個房間染成濃郁的血紅色，彷彿人間地獄。

進入男生寢室的新奇感很快被沉重取代，沒人能在看到這幅景象時還笑得出來。

「啊，找到了！」

男鬼找到序號為十六的床鋪，狂喜地挪開這張床，在床下的地板上敲敲打打，最後撕開一條縫隙，把整個頭埋了進去。

「你在幹什麼？」

沒得到回答，唐心訣也沒有耐心等待的意思，直接用馬桶吸盤把它了吸出來。

誰料伴隨著男鬼的腦袋一起出來的，還有他嘴裡拚命咀嚼的一團紅色絲線。

——這是？

男鬼張開嘴，含糊不清地回答：「這就是我說的，能破開封印的東西……」

說話間他用力吞咽，竟然將一整團絲線囫圇咽了下去！

隨著吞下紅絲線，男生開始腐爛的身體竟慢慢發生了變化。浮腫的皮膚變得緊實，皮開肉綻的傷口消失。在沒有仔細分辨的情況下，現在儼然與活人沒什麼差別。

「看到了吧。」男鬼再次咧嘴笑起來，「這些藏在地下的紅線，就是能讓我們離開男宿的原因！只可惜維持的時間不長，隔段時間就要再吃一點。而且需要挖開地面才能拿到，我手都爛了也只挖出這麼點洞，妳們能拿走多少就靠本事了。」

說罷他又埋腰低頭，把腦袋伸進洞裡一聳一聳開始啃食。

其餘人面面相覷。她們本來也沒真的寄望男鬼能拿出什麼「直接通關」的神器，甚至已經做好了被欺騙的心理準備，沒想到竟然還真的有這種東西……紅絲線？

唐心訣試了試地面硬度，的確比一般水泥地面要硬，卻不是毫無辦法，只要有工具或者特殊異能，還是可以打開的。

五號、六號想用噴火槍，被拒絕了。畢竟火焰如果不小心燒到紅線，很可能會全部燒光，她們在這的努力就功虧一簣了。

最終還是鄭晚晴的拳頭技能最合適拆地面，與此同時七號也走出來，手腕一抖便出現一把匕首，這是她第一次亮出自己的武器。

「妳拆我挖。」七號言簡意賅。

兩人互相輔助，地面果然以極快的速度出現一道道裂痕，再由裂痕變為豁口，露出裡面星星點點的紅色。

「真的有紅線，好多……這裡也有！」

其他人也沒閒著，利用找到的道具在地上努力挖坑，過了沒多久就看到男鬼所說的紅色絲線，像被縫在地下般一團團纏繞著，挖出來還能感受到上面滾燙的溫度。

看見成果，眾人的速度越來越快，地面被挖開的面積也越來越多，大片大片裸露在外的紅線看得男鬼直流口水，渾濁的雙眼直放光，要不是忌憚眾人在這，它可能就直接撲上去吞食了。

一行人中，只有郭果獨自站在角落，既沒有參與挖紅線的工作，也沒露出任何喜悅之色。

『那個，妳們不覺得奇怪麼？這麼多紅線為什麼會被埋在地下啊？為什麼吃了它就能破解封印？』

郭果在腦海聊天群組中小聲吐槽。不知道為什麼，她寧可和男宿舍考生的屍體待在角落，也不願意靠近這些紅線，並且一接觸就頭暈眼花想吐。

唐心訣也碰到了紅線。她將精神力覆蓋在手上仔細感受，伴隨著燙手的熱量，紅線似乎還在微微顫動……就像心臟跳動一樣。

不過這只是一閃而逝的感覺，當她再睜開眼，紅線依舊是靜止狀態，看起來和普通的絲線沒什麼差別。

「先拿出一部分就行，不要貪多。」她叮囑附近的人：「這些紅線對鬼怪有用，對我們卻未必是好東西。我們需要儘快送過去給姜同學她們。注意一定要戴手套，千萬不要直接碰……」

「啊！」

五號忽然驚呼一聲，眾人立即看過去，只見她跌坐在地，手上的手套不知什麼時候被劃了一條豁口，血珠沿著豁口淅淅瀝瀝向下掉落，一滴滴掉在紅線上，很快被吸收得乾乾淨淨。

不知道是不是眾人錯覺，紅線的顏色似乎更加豔麗了。

「剛剛這線忽然變得特別硬，我一碰手就不小心被劃破了。」五號舉起手解釋，她顧不得手上的疼痛，先小心翼翼把紅線放到一旁，唯恐生出什麼變故。

唐心訣趕到五號身邊，對地上這團紅線施加了一個鑑定。

『鑑定：一團紅色絲線，不知道是用來幹什麼用的。小心不要把它纏到脖子上，有可能會讓你身首分離。』

看著鑑定結果，唐心訣有一剎那想起了什麼，再去思索時卻又找不到了。

吸過血的絲線已經重新變軟，等了約四五分鐘也沒再發生其他變化。眾人便先把它放在一旁，謹慎地取出其他紅線用玻璃瓶和隔離袋儲存起來。

男鬼對著剩下的紅線直吞口水：「這些我可以吃嗎？」

唐心訣瞥了一眼：「你想吃就吃，我們還剩最後十秒鐘收拾時間。」

話音未落，對方已經迫不及待趴下去開始狼吞虎嚥，紅線被咀嚼著進入男生的嘴和喉嚨，這場景落在眼中既詭異又噁心。

「好了我們出發吧。」

其他人收好紅線，最靠近門口的蔣嵐等人就要離開。

「砰！」

寢室門忽然無風自動，牢牢關上了。

門被關上的瞬間，反應最快的女生立即衝過去拉門，然而門就像從外面被鎖住了一樣，怎麼拉都拉不開。

「靠！早知道我就拿個東西抵住了！」鄭晚晴狠狠一拍腦袋，懊悔不已。

「不是妳的問題。」張遊一邊護著郭果後退，一邊安慰鄭晚晴，「如果真是觸發了什麼機關，或者有什麼東西故意把我們關在這裡，就算把門抵住了結果也一樣。」

張遊性格謹慎，在意外發生的瞬間已經想到了最壞的結果，立即遠離了門口退到看起來稍微安全點的角落。

五號幾人則性格躁動，就在其他人還沒想出解決辦法時，五號姐妹已經抽出噴火槍：「門關了有什麼，拆門不就行了！」

火舌噴吐而出，舔舐之處均燃燒起來，木門燃起熊熊火焰，一點點向下傾塌。

有水系異能的十號不怕火焰，舉起道具衝過去要把門踹開，然而全力一踹之下門只開了一條小縫，火焰反而蔓延到她腿上！

燒灼的疼痛令十號有些驚慌，她施展自己的異能，透明水源出現在手指上方，向腿上的火焰一股腦澆了下去。

腿上的火焰終於熄滅，十號拖著一瘸一拐的腿，在五號姐妹的攙扶下重新起身，臉色蒼白地提醒其他人：「這不對勁，別過去，門口不對勁！」

五號立即解釋：「我們的異能對室友是免疫的，按照道理她不可能被我們的火焰傷到。但是現在……」

她還沒說完，門口的動靜又吸引了眾人的注意力。

「火勢更大了！」

門板上燃燒的火焰並沒隨著五號、六號撤銷異能而減少消失，反而越來越大，甚至開始向內部蔓延！

五號不可思議高聲道：「這不可能！」

異能火焰對於她們來說就像自己身體一樣瞭解，想控制在某一區域就絕對不會失控蔓延。但是現在卻——

十號開始念訣喚水，這次她動了真格，水幕從天花板傾盆而下，澆得門口煙霧陣陣，嗆得眾人紛紛咳嗽起來。

「不，還不夠……」十號的臉色越來越白，她召喚的水明明已經足夠將這樣的火勢撲滅，哪怕是異能火也不會再繼續燃燒。但現在火焰只是稍微減輕了些許，根本沒有被澆滅的趨勢。

唐心訣聲音倏地響起，「不用了，這不是妳們剛剛放的火。」

她注視著門口，目光凝重：「這火是從外面來的。」

就在這時，男鬼終於在越來越濃的煙霧下停止了瘋狂進食，疑惑地嗅嗅鼻子抬起頭，雙眼猛然圓睜，哆嗦著抬起手臂：「火……是他們放的火……是他們回來了！他們要把我燒死報仇！」

男鬼慘叫起來，被火焰嚇得失了理智，開始瘋狂抓撓自己的身體，嘴裡喊著不要燒我，快滾開之類的話。

火勢還沒燃燒到裡面來，就被嚇成這樣？

唐心訣眉心緊蹙，看著男鬼瘋狂的狀態心頭一沉，一個不好的念頭湧上腦海。

「蔣嵐，用道具控制住它！」

幾乎是同一時間，男鬼忽然張大嘴巴，剛剛吃下去的紅線彷彿有了生命般一團團向外爬，它們爭先恐後從食道裡擠出來，因為數量過於龐大，甚至卸掉了男生的下巴。剩下的紅線找不到出口，就從鼻孔、耳朵，甚至眼睛裡湧了出來……

蔣嵐拋出一個新的金色小球，小球在空中彈出一張與上次一樣的蜘蛛網籠罩在男生身上，將抽搐不止的男生牢牢固定住，同時也阻礙了一部分紅線向外攀爬。

「嗚啊啊啊啊——」

男鬼只能發出變調的尖叫，身體像充氣般膨脹起來，皮膚下似乎有無數的線團在湧動伸展。只有幾秒，整具身體就在膨脹的頂點轟然炸開！

眾人本以為會看到血肉橫飛的血腥場景，卻沒想到爆開的只有一層枯萎的皮，而皮下是密密麻麻的紅線團，隨著男鬼的爆裂而散落到地面上。

這些紅線，彷彿把男鬼身軀裡的血吸乾了。

這念頭在她們心中升起的瞬間，火勢再度向屋內蔓延，眨眼間就吞沒了一半的房間，逼得她們不得不再次後退。

「不行，這樣我們就要被燒死在這裡了！」

蔣嵐咬著牙瘋狂思考對策，汗珠從她頭頂一顆顆滴落，雙眼被面前火焰炙烤得猩紅。

結合瘋狂且源源不絕的火勢，再加上男鬼剛剛在炸開前的自言自語，一個恐怖的想法出現在她們腦海。

「會不會現在的火，其實是複製了當初在九一六裡發生的事情？」

似乎正印證了眾人的想法，燃燒的熊熊火焰中，有隱隱的慘叫和哀號聲響起，還隱約能看見在裡面掙扎滾動的男生身影——隔著一層跳動的火焰，兩個已經錯過的時空在她們面前重疊在一起。

看著另一撥考生死前淒厲的模樣，好幾人牙關緊咬，不願相信這有可能是接下來發生在她們身上的場景。

「看火焰裡面。」

唐心訣忽然出聲。

「我們已經看到了。」十號聲音裡帶著一絲絕望的哭腔。

「不，不是那些影子。」蔣嵐轉瞬意識到唐心訣在說什麼，立即幫忙補充：「看地面！」

透過火焰，她們能依稀看到地面豁口和上方的紅線。然而此時此刻，紅線並沒有在火焰中燃燒……甚至連紅線周圍的地方都沒有火的存在，以至於在視野中出現了一塊一塊的空缺。

——就像火焰特地避開了這些紅線一樣！

所有人反應過來，她們紛紛取出之前收存的紅線，將它們握在手中，然後靠近火焰。

眾目睽睽下，火焰果然避開了握著紅線的拳頭，乃至整條手臂……就在火舌要吞沒肩膀的時候，唐心訣迅速抽身出來，清聲道：「把紅線綁在身體外面，我們可以這樣出去！」

眾人宛如抓到了救命稻草，立即行動。

紅線能避火的範圍大概在一條手臂左右，她們就在雙腿和手上分別纏了紅線，又將剩下的裝在口袋裡，然後鼓起勇氣走進火焰，竟真的在火中走出了可以供人通行的縫隙。

影影綽綽的掙扎和哀號彷彿就在身邊，在火焰中被埋葬的鬼影在她們的耳邊尖叫。心智不定的人一旦不小心受到影響，火焰就會隨之而來。

好在唐心訣和蔣嵐等意志力較強的分散在隊伍的前後和中間，見到旁邊有人恍惚就拉著她們向前。一間寢室的直徑距離很快走完，唐心訣抽出馬桶吸盤，重重擊向門口！

門板倒下，新鮮的空氣湧入肺部。跑出九二〇的唐心訣還沒來得及鬆口氣，就聽到了來自後方的尖叫。

那是最後方郭果的叫聲。

蔣嵐、珂珂等人緊隨其後跑了出來，唐心訣卻逆流鑽回屋子，看見幾個猙獰的鬼影抓住了郭果和她旁邊的十號，而鄭晚晴與五號等人正在與火焰手搶人。

有了唐心訣和後趕回來的張遊幫忙，郭果幾人很快被救出來，在房間可怕的吱呀聲中，她們堪堪奔出門口，而在身後門框轟然倒塌。

房間的傾塌並沒阻止鬼影移動，它們一個接一個飄出了寢室。有的看起來像是被燒死的，有的則像是被撕裂而死，而有的則彷彿把許多身體拼接在一起，許多個腦袋遲緩地轉動，空洞的雙眼盯著眾人。

「跑！」

剛剛逃離火焰的一行人撒腿就跑，鬼影在後面緊追不捨。好在不知為何它們行動的速度很慢，等到它們追到走廊盡頭，女生們的身影已經消失在它們能「看到」的範圍。

看不見目標，鬼影的行動變得更加緩慢。它們在九一六和九一八兩個房間飄蕩巡梭，發現兩個房間都沒有考生的蹤跡後，在九一八裡找到了一條通往外面的裂縫。

「嘶嘶……嘶嘶……」

一個接一個扭曲猙獰的影子從裂縫中飄出來，黑黢黢的走廊並不影響它們的行動，它們左右轉動著腦袋，確定了附近沒有人，就又一個接一個飄向走廊的另一端。

聽著鬼影摩擦牆壁的聲音越來越遠，隔著一張木門的距離，女生們極其小心地輕輕喘氣。

她們剛剛已經跑到了走廊另一端，想沿著原本的路線回到女生宿舍，卻發現來時的裂洞竟然找不到了，牆一時間也砸不開。眼見時間緊迫鬼影隨時可能追出來，她們不得不重新回到男宿舍這邊，撞開了正對著男宿舍的另一扇門。

好在男鬼曾經提過一嘴，說走廊盡頭這邊有兩扇門。一扇通向男生宿舍，而另一扇裡面是個裝滿二手廢舊電器，生前似乎是撿垃圾老人住的房間。

撕開牆皮，她們果然找到了另一扇木門，撞開之後躲進了裡面的房間，又用道具將外面偽裝起來。

如果能暫時阻止鬼影最好，而若是不起作用……她們也只能背水一戰了。

好在鬼影沒發現這裡還有一扇門，全飄向走廊另一邊，為她們留下了短暫的喘息機會。

張遊輕聲開口：「我們能在這裡躲多久？如果它們發現了該怎麼辦？」

唐心訣握著馬桶吸盤，精神力蔓延至門外「看」著走廊裡的情況：「……等到它們消失為止。」

有百分之六十的把握，這些鬼影不會一直存在。

就在剛剛跑出來時，她觀察到鬼影並非完全的虛體，它們身上都有紅線的痕跡。

這些剛剛從火焰中誕生的怪物，似乎與紅線有著密切關係。

「……而那個男鬼說過，它吞下紅線後會得到強化，但是只能持續一下子。過了時間效果就會消失。」

唐心訣的聲音在這方空間裡微不可聞，卻又清晰傳到每個人的耳朵裡。

「如果男鬼說的是真的，那麼紅線的效果對於這些鬼影很可能也一樣。」

雖然效果強大，但時間短暫。

等到紅線的效果消失，鬼影多半會隨之消失，到時她們就可以出去尋找回女生宿舍的方法了。

「我還是覺得，這些事情都是教務處搞的鬼。」蔣嵐輕聲說出心中猜測，「我們來之前一切一如往常。而從我們離開女宿進入這裡起，意外就接連出現……」

蔣嵐的聲音忽然一滯。她打開手電筒照向自己的手腕，上面已經滲出血痕。

紅線勒進了她的皮膚，開始吸收裡面的血液！

眾人猛然想起紅線的危險性，連忙解開纏在身上的紅線。手電筒的光線在房間裡晃動，不知晃到了哪裡，忽然響起一聲清脆的哢嚓聲。

然後是第二聲、第三聲……

眾人停下動作，光線射向向聲音來源處，那是一個收音機。

「滋啦——滋啦——」

收音機發出聲音，沙啞的聲音落入眾人耳中。

「維修，維修了，維修二手電器、二手傢俱、二手冰箱電視洗衣機——」

「啪——」房間燈光驟然大亮。

第六章　修理鋪

日光燈吱呀晃動，黑暗的房間瞬間被賦予一層陳舊的色彩，空中瀰漫著一股鐵銹味。

的確如之前男鬼所說，這間屋子裡面裝滿了各種破舊的電器和工具，僅僅是收音機就堆了滿滿一木架，從裡面響起的滋滋啦啦電流聲重疊在一起，竟組合出了幾個能聽懂的字眼。

「維、維修？」

有人無意識跟著字眼念出來，再仔細去聽時，卻又發現只是混亂的電流而已。

「沒錯，維修。」一個乾巴巴的聲音重複了一遍。

女生疑惑皺眉：「不是說是撿垃圾老頭住的麼，怎麼又變成修理工……」

她說著說著，忽然意識到什麼，臉色發白地止住尾音。

剛剛那簡短的回答，聲音分明屬於……一個老頭。

可她們都在這裡，哪來的其他人？

幾人猛地向後退，唐心訣幾人則向前一步擋在眾人前方，防禦道具對準角落忽然多出來的人影。

這是一個骨瘦如柴的老頭。

他身上穿著破舊的工作服，眼眶處深深凹陷下去，皺紋刻薄地縮在臉上，幾縷稀疏的白色頭髮貼著光禿頭頂。整具身軀簡直像一個裝在衣服裡的骷髏，悄無聲息貼著角落。如果不是聽到聲音，甚至沒有人注意到他。

乾癟的嘴角在那張臉上動了動，「有人要修東西嗎？」

看著詭異的場景，沒人敢輕易回答。過了兩秒老頭不耐煩了，甕聲甕氣道：「不修就滾！」

小房間的木門「嘭」一下彈開，走廊的空氣湧進來。一行人這才感受到屋內極低的溫度，相比之下連陰冷的走廊都顯得暖和起來。

唐心訣第一時間察看走廊鬼影的情況，發現鬼影不知什麼時候消失了。

走廊暫時安全了！

聽到這消息，所有人心頭重重一鬆。不需要躲避鬼影，就代表她們不用提心吊膽藏在這裡。最靠近門口的幾人試探著回到走廊，果然什麼都沒發生。

突兀出現詭異老頭的破舊房間，空無一人的黑暗走廊，相比而言竟還是走廊更有安全氣息。

女生一個一個退出房間，牆角的枯瘦老頭沒有任何反應，黑黢黢的眼眶看不見眼睛，胸口也沒有呼吸起伏，看起來像死了一樣。

但即便如此，考生們也不敢掉以輕心。因為燈光清晰照出老頭手中握著一柄沉甸甸的鐵錘，再仔細看去，還能看見他身上工作服破口袋裡裝著的各種工具，如鐵鉗、螺絲刀、大剪刀、鋼釘……僅僅形象就足夠想像出無數種恐怖片殺人狂變身的可能性。

唐心訣是最後一個出去的，她臨走前將視線投到屋內的老頭身上，對方似有所感般微微轉過頭，乾枯的臉上看不出表情：「有東西壞了……要修理嗎？」

她心頭一動。

或許是經歷過的考試多了，此刻對方表現出的特點和游離在外的狀態，給她的感覺並不像副本裡的NPC，反倒像是……根據過往經驗，一個離奇的念頭忽然跳入腦海。

鬼使神差地，唐心訣沒有掉頭就走。她抵住了即將關上的木門，問道：「什麼東西壞了？怎麼修理？」

老頭沒有回答前半句，只緩慢地說：「東西給我，交錢，修好，還給妳。」

「你為什麼要在這修東西？」

這句話讓老頭終於有了反應。

他破天荒把腦袋又轉動了兩分，看起來像個活人一樣「抬頭」看向唐心訣，說：「小兔崽子，不修就滾，廢話一籮筐！」

「……」

剛剛出去的女生們被罵聲嚇得一激靈，紛紛回頭。這時她們終於意識到，這個看起來比鬼還像鬼的老頭，似乎和其他鬼怪有點不太一樣。

唐心訣雙眼卻亮了起來，「任何東西都可以修理嗎？」

對方沒理會，她並不在意，繼續說道：「那麼，異能道具也能修？」

牆角的人影從鼻孔哼了口氣，算是回答。

張遊一怔，意識到什麼：「心訣……」

她剛想說話，卻見唐心訣已經打開手機，在通訊錄中撥出一個號碼。

「滴哩哩——滴哩哩——」

鈴聲竟從老頭的口袋裡響了起來！

而在手機螢幕上，「修理鋪」三個字方正醒目，顯示正在通話中。

六〇六宿舍：？？？

六〇六宿舍：！！！

被輔導員附身的記憶湧上腦海，郭果脫口而出：「臥靠！你就是修、修……修理工？」

打死她也沒想到，輔導員所說的「修理鋪」，竟然在這個副本裡！

老頭有些詫異，瘦骨嶙峋的手慢吞吞拿出老人機，按下接聽鍵：「修理鋪，大學城，你哪位？」

唐心訣將手機拿到下巴處，腦海中閃過無數種可能性和詞彙，出口的聲音卻無比冷靜：「三本大學學生，想修東西，接生意嗎？」

直到門在面前關上，一部分人還沒反應過來。

「修理工」是哪種類型的鬼怪？為什麼能和考生正常交流？唐心訣怎麼會有對方的電話？

蔣嵐從思緒中抽離，冷靜道：「就按照唐同學剛剛說的，我們先去找回女宿舍的路。如果有人想留在這裡等唐同學也可以，有特殊NPC在，這裡應該暫時相對比較安全。」

時間有限，她只能暫時確定這些資訊，將修理工列為「特殊NPC」一欄。

雖然她們從沒聽說過關於修理工的事，但出於對唐心訣的信任沒有任何質疑，而是果斷接受了這一說法。

作為知道最多內情的人，張遊、郭果和鄭晚晴尚處於震驚又有些糾結狀態。她們在腦海聊天群組中簡單交流，唐心訣抓住機會的想法很堅定，郭果第一個反應就是跟著唐心訣一起留在這裡修理道具，既安全又能暫時逃離副本危險。

然而目光瞥到默默包紮傷口的蔣嵐，還有小心翼翼幫室友纏繃帶的五號等人，郭果張了張嘴，把要留下的話咽了下去。

「我和妳們一起回女宿。」她拍拍胸脯：「妳們暫時失去一位強悍輸出，不能再離開一個頂尖輔助了！雖然戰力不行，但我找鬼還是很專業的。」

「郭果。」鄭晚晴鄭重開口，揉了揉她的腦袋：「妳長大了。」

郭果：「謝謝，但請不要用我媽的方式說話。」

蔣嵐也點點頭，對珂珂說：「妳留在這裡。」

珂珂想也不想就回絕：「我還能走路。」

「可是……」

「別廢話，我和阿念都不在身邊，妳一人當孤膽英雄？再說話我就用言靈讓妳變啞巴。」

五號那邊也是同樣場面，只不過她和六號同時被十號揪住了耳朵，嗷嗷直叫：「妳不是腿受傷了嘛！我們想讓妳休息一下呀！疼疼疼！」

這邊郭果吸了吸鼻子抓住張遊的手：「遊姐，訣神就靠妳照顧了，雖然是修理鋪但是也要注意安全，有任何事一定要第一時間聯絡……」

「聯絡什麼？」唐心訣的聲音在背後響起。

郭果：「聯絡……？」

她愣愣轉過身，看見唐心訣拎著馬桶吸盤打開門，一副準備離開的模樣。

「已經修好了？」

外面的人大為震驚。這才過去不到三十秒吧？

唐心訣抬手示意：「還沒修，剛商量好價錢。我把東西放這，等回來再取。」

說完她還有些疑惑：「我剛剛不是說馬上就出來嗎？妳們怎麼還在這沒走？在等我？」

剛剛上演完短暫告別的眾人：「……」

淦，誤會了。

她們瞬間停下手裡動作，變成整裝待發的姿勢：「對啊，在等妳呢，真快啊哈哈，現在走？」

看著面前乾笑的女生們，唐心訣微微挑眉：「妳們剛剛是不是誤會了什麼？」

透過一行人神色變化，她很快確認了自己的猜測：「——妳們把這裡當安全屋了？」

房門忽然「砰」一聲自動打開，修理工老頭陰森森開口：「想得美，沒地方放妳們，不修就滾蛋！」

「……」

時間追溯到兩分鐘前。

確認這個老頭的身分後，唐心訣第一時間拿出馬桶吸盤，在一行人驚訝的目光中毫不猶豫開口，表示要修理武器。

修理工，掌管修理鋪的特殊NPC。也是輔導員唯一給出能修理道具武器的管道。她千方百計索要來NPC的聯絡方式，本來已經做好了長期尋找的準備，未曾想機會竟然來的這麼快。

至於「修理工」為什麼這麼巧出現在這場副本裡，又是否有危險性等問題，在緊迫的副本中她並沒有時間刨根究底。

在茫茫副本中抓住特殊NPC的機率有多低，唐心訣第一時間判定出答案：機不可失時不再來。

馬桶吸盤只要一日不恢復正常，就一日無法正常吞噬並升級。

故而哪怕真是陷阱，她也必須一試。

修理工也沒想到真的有學生提出要求，他難得地仔細抬頭看了一眼，然後勃然大怒：「我不是通廁所的！不修馬桶吸盤子！」

唐心訣：「……」

她言簡意賅：「價錢好說。」

老頭冷哼一聲：「窮學生有幾個錢，吹牛倒是一個比一個厲害。」

說著說著，他的目光定在馬桶吸盤上，好幾秒後再次開口，語氣卻發生了變化：「原來是這樣……物體類天賦？竟然還有一個……」

他瞥了唐心訣一眼：「十積分一次，先交錢再修理，不保質不保量，修不好不退錢。」

眾人：還有這種霸王條款？

唐心訣俐落回答：「輔導員介紹來的，熟人推薦給個優惠？」

眾人：這也能討價還價？

最終在一眾茫然臉中，唐心訣單獨進屋砍價。等再出來時就是現在了。

得知情況後，唐心訣莞爾：「妳們覺得我會扔下副本任務，跑去等NPC修理東西？」

「不好意思，是我誤會了。」蔣嵐不好意思地笑笑。無論是NPC不好惹的態度還是唐心訣果決的模樣，都讓她們下意識以為這會是個十分艱難的交易，沒想到完成的這麼迅速。

其實如果條件充裕，她也想多瞭解一下「道具修理」這種首次聽聞的概念。

直覺告訴蔣嵐，這是遊戲中一個十分重要的資訊……但衡量過後，她不得不承認自己無法承擔相對應的風險，只能作罷。

老頭猶自在屋子裡甕聲叨叨：「這是修理鋪，不是旅店！一個個本事不大考試不行，做夢倒不小。」

尷尬的氣氛無聲蔓延。郭果噘噘嘴，厚著臉皮小聲道：「我們可是顧客，你收費這麼貴，顧客還不能監督修理過程了？再說，誰知道你會不會偷偷跑路……」

異能武器是考生最大的倚仗和底牌，沒有武器如同削了一臂，危險性立刻直線增長。就算唐心訣再強，她們也很難不擔心。

原本大家還有點擔心修理工生氣，沒想到唐心訣卻點點頭，接上了郭果的話：「說的有道理，這也是我需要考慮的。我想把武器修好，但也不想中途因為沒武器死在副本裡。所以為了安全起見，我想要一樣這裡的東西臨時代替馬桶吸盤做武器，等修好取貨再換回來，師傅你覺得呢？」

馬桶吸盤在空中劃出一條弧度，修理工一接住就下意識研究起來，也忘了剛剛要發的火，一擺手不耐煩道：「想拿什麼就拿。」

唐心訣波瀾不驚地在屋內虛掃一圈，定聲開口：「我想要你手裡的錘子。」

破舊木門再次合上，裡面的燈光瞬息熄滅不見，剛被揭開的牆面也眨眼間恢復原樣。就像剛剛的一切只是場幻覺。

一行人目光落在唐心訣手中分量十足的鐵錘上。

好吧，不是幻覺。

郭果小心翼翼用手碰了碰錘柄，「嘶」一聲收回手：「他就這麼把東西給我們了？」這可是NPC的道具啊！

張遊若有所思：「這個NPC經驗比我們豐富，他根本不擔心我們藏下錘子。又或許他對馬桶吸盤的評價更高。」

只能希望NPC講點誠信，不要逼她們再去投訴了。

唐心訣掂了掂這支鐵錘，以她的力氣都有些拿不起來，隨手在地面一頓，沉重的金石交擊聲在空間內震顫擴散。

好重的錘子！

鄭晚晴倒沒想其他，她從看到鐵錘的第一秒就兩眼發光。要不是「鐵錘大的拳頭」技能有時間限制不能亂用，她都想立即召喚出來對比一下，多希望自己右手也是這麼「鐵骨錚錚」。

郭果搖醒她：「大小姐妳清醒一點！要掉隊了！」

走廊兩端不過幾十公尺的距離，轉眼奔到另一端女宿舍的方向，眾人心頭一沉。

就在不到十分鐘前，她們還沒躲進破舊房間時曾經回到這找過一次，留下了不少試圖打破牆壁的痕跡。

而現在，這些痕跡像被海浪漫過的沙灘一樣，全部消失得無影無蹤。

「和上次一模一樣。」

張遊咬住嘴唇嘆一口氣，哪怕耐心如她都感覺到一陣煩躁，為這棘手的情況焦慮不已。

她們上次回來，就是在這裡發現整個走廊都變了模樣，和沒受到破壞時一模一樣。而連通女宿的牆壁裂洞也不見了。

難道這條走廊還會自我修復？

鄭晚晴咬咬牙想再揮拳頭，被唐心訣攔下。

「現在用我的更合適。」

唐心訣歪了歪頭示意，然後雙手高舉鐵錘，朝著牆壁重重砸了下去！

牆皮像被狂風刮過的樹葉簌簌下落，每一錘都在地上堆積一層灰白漆粉。其他人忍不住捂住耳朵，眼睜睜看著之前怎麼破壞都不動的牆壁在巨大錘擊聲中，竟被硬生生錘開了兩條裂痕！

砸了整整十下，唐心訣終於放下漲紅爆血管的手臂，精神力沿著裂縫掃了一圈，「應該差不多可以放火燒了。」

「……」五號喃喃：「砸牆這方面，果然還是要用專業工具啊。」

別說砸牆，以這把鐵錘剛剛砸出的恐怖聲勢，說要把整個走廊就地拆遷她都毫不懷疑。

噴火器餘溫尚在，姐妹兩人定了定神走上去，確定目標後提槍開始工作。

有了之前在男宿舍被鬼火圍困的前車之鑑，這次五號和六號使用異能十分小心翼翼，對火候的謹慎度堪比後廚燒菜。然而過了半晌，兩人一頭霧水地對視：「怎麼燒不起來？」

視線所及之處，通紅的火舌舔在牆面縫隙上，上一次還能焦黑一片，這次竟只留下一道淺淺的黑色痕跡，甚至連裂痕都沒擴大。

難道這次火力太小？

兩人驚疑不定地靠近，看見被灼燒的黑色痕跡上，似乎有幾滴液體緩緩滲了出來。

這是……

黑色液體忽然噴湧而出，卻並沒如她們所想的一樣當頭澆下，而是在空中凝聚成一張猙獰的臉，張嘴咬向二人！

「小心！」

五號反應略快半分，向前一撲把六號推開，用噴火槍捅進了黑色液體凝聚的嘴裡，減緩它撲下來的速度。

「砰砰！」兩個保護罩接連破碎的聲音響起，五號臉色一白，從口袋裡摸出一遝碎片，這是她們最後的防禦道具，只有受到致命危險攻擊才能觸發延長生命，破碎即代表生效。

前方是被擋住的黑色鬼臉，身後是考生，攻擊是從哪裡出現的？

黑色鬼臉似乎不敢直接吞噬噴火槍，就在這緩衝的功夫，唐心訣幾人抓住時機將五號推開，沾染液體的噴火槍在嘶嘶腐蝕聲中墜落在地。

「金色光輝。」蔣嵐迅速扔出新的金色小球，疾聲喚出異能全名。

「羅網：淨化！」

小球在黑色鬼臉上方張開翅膀，扔下一張淺金色的薄網。

黑色鬼臉發出一聲尖嚎，轉頭猙獰撲向蔣嵐，撲到一半被金網攔住，鋒利無比的細密網格穿透碩大鬼臉，黑色液體失去凝聚能力，嘩地散落灑了滿地。

確認地上的黑色液體不再有攻擊力，又手動清理了一遍，眾人才放下心來。

再觀察牆壁，原本的裂痕又擴大幾分，表層已經沒有殘餘的黑色液體，只是仍無法確認更深處是否還隱藏著危險。

「多虧我們沒信之前那個男鬼的鬼話，這個黑色液體果然有問題！」

郭果握緊吊墜，目光似乎要把牆壁盯穿，防備著隨時可能出現的下一波怪物。

張遊眉頭打結：「液體是從牆壁裡出來的，可牆壁另一面不是女宿嗎？」

而女宿那邊，明明是沒有任何黑色液體的——這會不會說明，女宿舍也遇到了危險？

唐心訣戴上手套摸索這面牆壁，最終停在裂縫上。

一次次自動修復的走廊、以各種形式出現的攻擊、紅線、黑色液體、牆壁……無數景象在腦海中閃過，又逐漸重疊。

「訊息夠多了。」

只要得到的資訊足夠多，哪怕刻意設計的再混亂，也能排列出被隱藏的答案。

她閉上眼，將湧動的思緒一一摘出：「教務處在害怕。它們怕我們發現線索，所以在每一處留下埋伏。當我們越靠近真相，攻擊就會來得越多越快。」

「三次攻擊，第一次是發現紅線，第二次是回到走廊，第三次是砸破牆壁。」

「但相比前兩次，這次與其說是埋伏，更像是恐嚇——一個讓我們投鼠忌器，不敢繼續砸牆壁的恐嚇。」

「教務處想隱藏的，不只是回到女宿九一九的門，還是一個我們在回去過程中會發現的真相。」

唐心訣睜眼，確定道：「這面牆背後根本不是九一九！」

第七章　宿舍的祕密

不是九一九？

一語驚醒夢中人，其他人也多少回味出不對勁來。

「這是幻覺？還是九一九被轉移了？姜同學她們有危險嗎？」

郭果立即在大腦中搜刮出一連串可能性，連珠炮般問出。

唐心訣搖頭：「不是幻覺，我們現在看到的一切都是真實的。整條走廊無論是牆壁、地面還是黑色液體，全都真實無誤——每一次都是如此。只是真實，有時並不等於正確。」

每一次都是如此……蔣嵐在心中默默重複一遍，猛然意識到什麼：「我們每次經歷的，並不是同一條走廊？」

「不，應該不只是走廊，」她又立即否定自己，眸光微微晃動，最後得出結論：「是樓層！」

視線交匯，唐心訣頷首開口：「沒錯，是樓層。」

她們的確在這棟宿舍，教務處特地設計出的走廊內。

這條走廊前方連接女宿，後方連通男宿，格局與她們剛剛從九一九闖出來時看到的沒有任何差別。

但這裡不是九樓。

乍然聽到這消息，眾人在短暫兩秒的難以接受後，之前的種種違和現象便湧上腦海：從門裡出來一次就更新一次的走廊痕跡、忽然變得堅固難以砸穿的牆壁、從原本女宿牆內湧出的黑色液體，一個個難以解釋的問題堆積如山……但若根本不是九樓呢？

所有問題，忽然都有了答案。

「不是九樓，那我們現在在哪一層？什麼時候被換的？」郭果瘋狂運轉大腦試圖跟上思考：「難道是我們剛剛出來進男宿的時候？不對，那時男鬼還在指路，如果樓層有問題肯定會發現。」

「從男宿舍出來的時候？」張遊提出猜測。

她們第一次發現走廊的異樣，正是這個時間。

蔣嵐接話：「但當我們躲進修理工房間再出來時，我們留下的痕跡第二次消失了。這是不是證明，樓層已經轉換了兩次？」

如果是這樣，那她們在牆壁留下的痕跡其實根本沒有所謂的自動復原，而是每一次來到這裡，看到的都不是同一面牆壁！

七號打斷她們的猜測，提出質疑：「先等一下。妳們現在說的所有前提，都建立在一個基礎上，那就是唐心訣剛剛的結論。」

她轉頭看向唐心訣：「一旦我們相信妳的結論，就會影響到接下來我們非常重要的選擇和行動。所以，妳怎麼確定，妳的推測一定是對的？」

「想要驗證很簡單。」唐心訣笑了笑，在布滿裂痕的牆壁前站定，「教務處弄死了可以自由行動的男鬼，因為他們對宿舍的熟悉程度會發現真相。但是我們並不熟悉這棟大樓，所以即便發現問題所在，也無法確認這是第幾層，更別提找到離開的方法。」

如果教務處真的能隨意操控樓層變化，只需要直接將她們挪到隨便一層，就可以永遠囚困考生。

「很顯然，這不符合考試的平衡性和邏輯。教務處不可能這麼強，或者說越強大的能力，使用起來也必定受到相對應的限制。」

唐心訣道：「所以我的推測還有另一個前提，那就是樓層轉換只有一個固定的臨界點。而它只要被觸發，無論校方想不想換，樓層都必須進行轉換。」

「想要驗證我猜的對不對，就打破這個臨界點，看一切會不會發生變化就行了。」

話音方落，唐心訣再度掄起鐵錘，重重敲在裂縫上！

「咚、咚、咚——」

握著比自己兩隻手臂捆在一起還粗的錘柄，女生面無表情盯著牆上裂紋最大一處，每一下都精準砸到上面。

沒有了牆體內的黑色液體，牆壁似乎變得脆弱許多。裂紋越來越大，很快就出現一條上下貫穿的豁口，能看到裡面的水泥結構，以及星星點點已經乾涸的黑液。裂縫超過了上次眾人留下的深度，黢黑寂靜的洞口驗證著牆的另一側根本沒有活人，更遑論她們熟悉的九一九寢室。

就在這時，牆面忽然發生了變化。

天花板的白漆彷彿受到震動般一層層下落，刺鼻粉塵升騰而起，她們下意識退後躲避，不過兩個瞬息的功夫，面前已經是白茫茫一片。

等十號用水系異能驅散粉塵，一面完整平滑，毫無痕跡的牆壁赫然出現在眾人面前。

又一次更新！

「咳咳咳，已知這棟宿舍最高只有九層。」蔣嵐用力揮開殘餘的灰塵，本就沙啞的聲音被嗆的斷斷續續，卻仍捂著鼻子執著地分析：「根據這幾次情況，每次更新樓層很可能無法重複。那麼，我們最多只會經歷八次更新。」

到了第九次，就算教務處再不願意，也不得不讓她們回到第九層。

「我明白了，所以現在我們在第幾層其實根本不重要！」郭果眼前一亮，掰手指算：「最重要的是，我們能不能扛過剩下的一二三四五……六次更新！」

樓層變換的要求是砸壞這面牆壁，而牆壁被砸壞到一定程度眾人就會受到攻擊。只有撐過這幾波，她們才能回到九一九，把能讓鬼自由行動的紅線交給姜同學它們。

「還有整整六次？」張遊有些頭疼。

連續六次的危險累積，可不是一加一等於二的演算法。這只是為了回到九樓，而她們現在連教務處的影子都沒找到。

即便通關的決心再堅定，也不禁令人有些懷疑：她們真的能在這樣幾乎看不到盡頭的阻礙和危險中，完成副本的最終任務嗎？

唐心訣揉著因過度用力而充血的手臂，平靜的神情上眸光卻格外明亮，甚至銳利得驚人：「沒有必死的關卡，也沒有無法通關的副本。」

從第一場考試到現在，對遊戲的認知從無到有，哪怕看起來再無解的艱難處境，她也一直堅持著這一點。

就像這三年中無數次看不到希望的黑暗噩夢裡，只要竭盡全力堅持到最後，總會有砍下怪物頭顱的那一刻，亦是回歸現實的瞬間。

「考試雖然對考生不友好，但正常不可能設置這麼懸殊的實力差距。一個能隨便控制副本結構變化，設置無數個陷阱埋伏，甚至輕易囚困另一方鬼怪陣營的副本Boss，不可能只是C級團戰副本。」

唐心訣說完後，珂珂在使用過言靈之後也難得開口，她掛掉第N次打給阿念卻無法接通的電話：「這點我也同意。女宿那群傻子，智商就不說什麼了，實力上也沒看出強到多離譜。就算她們對教務處有克制作用，以現在我從這個副本裡看到的，真沒覺得有什麼值得教務處躲躲藏藏的。」

她聳肩：「這是什麼意思就不用我多說了吧，教務處真像表現出的這麼強大，它早就上天了，根本沒必要在這裡和學生們玩什麼心機。」

接著珂珂的話，唐心訣勾起嘴角：「所以，當我們找到它們本體的那一刻，看到的很可能是一個孱弱無比的教務處——這也是它們想隱藏的祕密之一。」

她的聲音剛落下，方才還平靜無痕的牆面，忽然從連接天花板的位置滋啦一聲，裂開了一條縫。

眾人：「……」

破防了？

經過短暫分析交流，眾人在氣到裂縫的牆壁下達成共識。

無論教務處打著什麼如意算盤，都無法影響她們堅定不移的目標和確定好的行動方針。

目標確定，行動開始。

鄭晚晴主動接替砸牆的任務，讓連續砸了兩輪的唐心訣先休息一下，然後甩著逐漸凝實的右手上陣，毫不留情地大肆破壞。

剛剛消散的粉塵又再次充斥整個空間，眾人不得不捂住鼻子對抗咳嗽。郭果想找十號用降水異能緩解一下，卻一時間沒能在灰塵中找到十號的身影。

『啊，我突然想起來，我還不知道她們三個人的名字呢。』

郭果捂著鼻子左右尋覓，同時在腦海聊天群組裡後知後覺地說。

從進入考試到現在這麼長時間，她竟然只知道對方的床鋪序號分別是五號、六號和十號。

大家在吃飯時簡單的自我介紹過，然而現在卻只有一個粗略的印象，對不上名字和人了。

張遊從儲物袋裡找到一遝口罩，一邊分發一邊冷靜道：「沒關係，等我們解決完副本Boss，就有時間好好瞭解新朋友了。」

郭果：「那我要在慶功宴上多吃一碗飯，不對，三碗！」

在考試裡當不了ＭＶＰ，在乾飯上她還是很有信心的。

就在隨口交談中，口罩發放完了，張遊捏著最後幾個沒發出去的口罩，也像郭果一樣在粉塵中尋找另外幾人的身影：「五號同學？十號同學？妳們在哪個位置？」

「咳咳咳……咳咳……」

空氣中沒有回答，只有若隱若現的咳嗽聲傳來。

張遊輕輕皺眉：「五號同學？」

「咳咳……咳咳咳！」

咳嗽聲越來越大，吸引了幾人的注意力。唐心訣神色微變：「正在咳嗽的就是五號。」

她向咳嗽聲方向走去，其他人緊隨其後，很快看到了兩個彎腰顫動不停的身影。十號正在旁邊扶著她們瘋狂翻找道具，再看向彎著腰劇烈咳嗽的兩人，正是五號和六號！

「妳怎麼了？」

幾人立即上前將她們扶起來，五號卻反應十分激烈地向後縮。她咳嗽到說不出話，只能用力搖頭拒絕眾人靠近。

在眾目睽睽下，五號捂著嘴的手指指縫內，湧出汩汩黑紅鮮血。

五號很快捂不住嘴了，黑血隨著一下下劇烈的咳嗽從她口中噴出，她顫抖著手試圖從口袋裡取保護符，但卻只摸到一手粉末。

同一時間，六號的情況也如出一轍，觸目驚心的黑血沿著手臂一滴滴淌下，形勢危在旦夕。

「我找到了，找到了！」

十號終於找出幾顆黑色藥丸，壓著洶湧的眼淚把藥丸塞到五號和六號嘴裡，手一度抖得碰不準位置，最後眼見著兩人和著血咽下，才深深呼吸一口氣。

唐心訣和蔣嵐兩個寢室在第一時間就拿出治療藥物，因不清楚情況而不敢貿然餵服。好在幾秒後兩個女生停下咳嗽，憋到青白的臉龐恢復一絲血色，暫時從鬼門關前撿回一條性命。

「剛剛到底發生了什麼？」

將兩個受傷的女生扶到沒有灰塵的位置，幾人終於能問出這問題。

剛剛有那麼一瞬間，眾人甚至以為是空氣中的粉塵有毒，但她們很快就第一時間排除了這種可能性。

所有人都吸入了粉塵，但受傷的卻只有五號和六號，肯定有其他原因。

五號姐妹現在雖然不再咳嗽，但也虛弱得說不出來話，只能主動抬起手，由十號幫她們挽起袖口，露出皮開肉綻的手腕。

兩人白皙的手腕彷彿被某種利刃劃了一圈，深可見骨的傷口血肉外翻。

眾人一眼認出，這就是之前纏在手上的紅線勒傷的位置！

十號也擼起自己的袖子，她手腕有著同樣的傷口，只不過沒有另外兩人深。她啞聲說：「我們早已經取出紅線，但是傷口裡好像仍舊有東西在切割……之前我們的感覺好像被痲痹了，是在黑色液體濺到身上後，才感覺到痛。」

所有人倒吸了一口冷氣。

她們立即查看方才自己被紅線割傷的地方，卻發現傷口仍舊是淺淺的一道紅痕，並沒發生與五號寢室三人一樣的變異。

這時十號身體輕輕搖晃兩下，貼著牆壁就要滑落下去，被旁邊的鄭晚晴眼疾手快一把攬住，又害怕拳頭異能控制不住輕重傷到她，連忙問：「妳們剛剛的藥放在哪了？」

十號氣若遊絲：「防護罩都破了，藥、藥只剩下兩顆，剛剛已經用完……」

她沒有像另外兩人一樣咳嗽，鼻孔和嘴裡卻止不住向外流血，神情因痛苦而扭曲在一起，抽搐著掐住自己的脖子，似乎想防止什麼東西被吐出來。

下一刻，女生身體猛地彈起來，以近乎折疊的姿勢跪到地上，「哇」一聲嘔吐起來。前兩下還是紅色的血，後面完全變成了黑色液體，再往後就是一塊一塊黏稠的不明物質，彷彿黏稠的內臟。

唐心訣搶身而上將她強行拉起來停止嘔吐，手一碰到十號冰涼的身軀，心就猛地沉下去：女生的肋骨似乎被什麼東西壓斷。正在不停蠕動抽搐著翻滾上來的，是女生已經破碎的內臟。

緊急關頭，蔣嵐找出了一顆指甲大小的金色小球，從裡面掏出紅色的丸粒塞入十號嘴中。

塞完東西她才來得及解釋：「我這個藥應該與她們剛剛用的是同一類型，都可以在瀕危情況下延續一段時間。」

果然如蔣嵐所說，十號抽搐的身體平緩下來，也不再吐零零碎碎的臟器，瞳孔恢復焦距後艱難地抬頭去看五號、六號，好像要說什麼。

在眾人幫助下，她終於艱難開口，比劃道：「我死後別忘記，把我的，異能拿走給她們……她們就會有第二條……」

剩下的話沒說完，十號又痛苦地握住手腕弓起腰，被唐心訣眼疾手快捉住手，看到了傷口內一閃而過的紅色影子。

是紅線！

十號她們不是已經取出紅線了嗎，傷口裡怎麼會還有這種東西？

處在極度痛苦中，十號瘋狂撲騰著身體，在她旁邊的唐心訣幾人很快發現一個問題：十號手上的傷口正在變得越來越深。並且這種變化似乎伴隨著十號的活動——她動得越劇烈，傷口惡化的速度就越快。

而相比之下，另一邊已經陷入半昏迷的五號和六號因為一動不動，手腕傷口反而看不出什麼變化。捕捉到這資訊，眾人立即控制住十號的動作，珂珂張了張嘴正要用出言靈，卻被唐心訣制止了。

唐心訣快速地點頭示意：「我來試試。」

她展開腦海裡湧動的精神力，將它們調動到十號身邊，然後一點點覆蓋擴散。

精神狀態列下，屬於【心靈連接】的藍色光芒漸漸褪去，重新變成淺白色。

『精神控制（2級）：一切精神上施加的影響，最後都要回到精神之中。對他人的影響亦是控制的基礎。』

在他人眼中，十號彷彿突然受到某種安撫，抽搐的幅度越來越小，最後陷入沉沉昏迷。

在只有唐心訣自己能看到的地方，她收回消耗一圈後有些稀薄的精神力，疲憊地抬眼：「幫我控制住五號和六號。」

她們救命的藥已經無法再維持一輪，必須保證三人撐住的時間盡可能長，才有機會找出解救治療的方法。

三次精神影響結束，唐心訣將剛剛看到的景象告訴大家，她們立即仔細查看三隻手腕上的傷口，果然在最深處瞥見了紅線。

「這線頭還會動！」郭果低呼出聲，忍著頭皮發麻的駭人感提醒眾人。

「是紅線鑽進了她們傷口裡？」蔣嵐得出最有可能的猜測。

唐心訣卻搖頭：「不，她們存放在口袋裡的紅線沒減少。」

從男宿撤離時，她記住了所有人身上攜帶的紅線數量，也包括五號三人。現在一一核對並無出入，那麼三人手腕裡的紅線是怎麼來的？

難道是……

一個更加驚悚的想法在眾人腦海冒出。

「難道是，從身體裡長出來的？」

五分鐘後。

排除了所有可能，她們最終只能得到一個答案：紅線真的是從三個女生的傷口裡長出來的。

擅長用匕首的七號小心挑開她們傷口的肉，沿著紅線出沒的方向劃下去，挑得越深，眾人神情就越嚴肅。

——無論肉翻得多恐怖，都沒有半點血液流出來。

似乎這些組成手臂的骨骼與血肉已經沒有了血管，取而代之的是……紅線。

一根紅線在鋒利的刀尖上被挑了出來。

但是這遠遠不夠。隨著時間過去，所有人明顯感覺到三個女生身體的變化越來越明顯。就連傷口翻上來的肉都變得乾枯發捲，她們的生命力似乎被某個力量源源不斷地抽取，直到最後澈底枯竭。

七號收了刀，「如果我繼續下去，她的手臂就廢了。」她眼睛通紅，說話的聲音是從牙縫裡出來的。

沒人笑得出來。

三個剛剛還並肩作戰的同伴轉眼在面前奄奄一息，而她們卻毫無辦法。

須臾，唐心訣開口，聲音打破寂靜：「繼續砸牆。」

聲音落下她已經起身，掄起沉重的鐵錘繼續破壞，牆漆很快變得四分五裂，一條條裂縫蔓延而下，隨著裂縫同時出現的還有黑色液體。

然而這次不等黑色液體凝聚成怪物，唐心訣再次掄錘澈底砸開牆皮，一個冰凍三尺符扔下去封住了整面牆。

隨著「哐哐」幾下重擊，結著冰霜的牆面四分五裂，連同被凍成冰柱的黑色液體一起分成了無數聚都聚不起來的碎塊。

眾人反應過來：沒錯，現在只有以最快速度通關，才是唯一挽救五號等人的方式！

就在她們鼓起精神要繼續時，卻見唐心訣蹲下握住一塊冰，將黑色液體融化在手心，然後灑在了手腕上。

下一秒，唐心訣擦掉黑色液體，之前原本只有淺淺紅痕的手腕上，竟多出了一條將近半公分深的傷口！

「她們沒提前發現傷口，是因為感知被麻痹了。」唐心訣冷聲道：「我們也是一樣。」

看到五號和六號傷口的第一瞬間，唐心訣就聯想到了同樣被紅線割傷的眾人。直覺和經驗都告訴她，在坑考生這一點上，考試非常「一視同仁」。在所有經歷行為都一致的情況下，為什麼唯獨五號寢室的三人傷口發生了變異？唐心訣不相信這是巧合。

肯定有某一種變數，在三人身上觸發，而剩下的人卻擦肩而過——黑色液體的攻擊！砸碎牆壁，把黑色液體抹在手上後，唐心訣果然看到了預料之中的景象。

她的手腕上不知何時也被侵蝕出可怖的傷口，只是與五號幾人相比還比較淺，卻同樣詭異：血管的位置彷彿憑空少了一塊，被割開卻沒有血噴出，甚至還能正常用力動作。

只有痛覺在感知麻痺破除後恢復，一陣陣疼痛沿著神經傳入大腦，令人下意識擰緊眉頭，提醒她傷口的存在。

看見唐心訣額頭上冒出了汗，郭果和張遊三人連忙撲過來，生怕她也像五號幾個一樣吐血——好在唐心訣並無異狀，甚至拒絕了室友幫忙包紮的想法。

她咬住牙關，對著傷口用力擠了下去！

鮮血頓時從手腕湧出，一滴滴落在地上，與原本濺在地面的黑色液體對比鮮明刺眼。

看到這一幕，唐心訣鬆了口氣：「現在情況還沒惡化。」

她仍能感覺到自己身體和血肉，而不是變異成一條條湧動的紅線。

眾人又見唐心訣吃下幾片藥，傷口頓時以肉眼可見的速度長出新的肉芽，在強力藥效下逐漸癒合，卻又在凝聚出新血管的一刻被某種看不見的力量撕開，鮮血汩汩流出幾秒，又乾涸……

如此重複癒合撕裂的過程，直到藥效澈底消失才終止。

這詭異悚然到令人直起雞皮疙瘩的一幕落在眼中，眾人彷彿能感受到自己的肉也被撕開，感同身受一次次的痛感，後腦勺升起陣陣寒氣。

唐心訣用一塊紗布覆蓋了剛做完試驗的手臂，對著強忍眼淚的郭果點點頭，輕聲道：「沒關係，我剛剛把自己的痛感消除了。」

好在有精神技能加持，雖然只消除了強烈痛感的十分之一，也聊勝於無。

蔣嵐把目光從傷口移開，找回了自己的聲音，篤定道：「剛剛妳用的藥……有用。」

即便過程痛苦不堪，最終唐心訣手腕的撕裂傷卻明顯淺了很多，即便接下來還會慢慢加深，至少安全的時間被延長了。

唐心訣肯定了這一猜測：「沒錯。但只限於現在，等傷口變成可以看見骨頭的深度，這些普通的恢復藥物就沒用了。」

但反向同樣可以推出，只要她們能趕在惡化之前及時解除，發現傷口並服藥，就可以阻止變異繼續！

一直沉默不語的七號二話不說，當場拾起一塊黑冰往手臂上敲，任憑冰渣飛濺到身上，果然在幾秒之後也看到了真正的傷口。

其他人紛紛效仿，沒過多久嘶聲在走廊裡此起彼伏。眾人看著身上的傷口，既心驚又慶幸。

「張遊，那個，我們藥夠嗎？」郭果澀聲開口。

「放心，足夠我們四個吃好幾輪。」囤貨狂魔張遊拍了拍口袋，安慰地將藥丸送到郭果手上：「吃吧。」

郭果這次真的哭了：「我問的是止痛藥！」

開始「治療」之後，她們才發現傷口本身不算可怕，真正可怕的是忍受劇痛被拉長反覆的過程，這種痛苦彷彿直接扎入大腦的神經中，就連止痛藥都無法完全消滅。

更絕望的是，當郭果悲戚地想找同樣膽小怕疼的同伴互相安慰時，卻發現自己身邊全都是狠人。

直接拿自己當實驗體的唐心訣自不必說，而對唐心訣絕對信賴的鄭晚晴幾乎是第一時間就拿自己手臂開了刀，疼得牙齒打顫都沒出聲。

郭果：「大小姐，妳不是刮骨療傷的關公！疼是可以喊出來的！」

鄭晚晴精緻的額角流下一滴汗水，固執道：「我已經沒了一隻手，連這點疼都無法習慣，以後怎麼繼續考試？」

和鄭晚晴一樣，蔣嵐、珂珂兩人也廢話不說直接開搞，中途七號還遞了一把刀給她們：「疼得實在受不了就用刀割一下其他部位，親測有點效果。」

郭果：「……」

她絕望地環顧四周，發現一個現實：最膽小的人都留在了九一九，而剩下人中稍微正常一點的三個也早早因受傷昏迷，現在還站在這裡的，除了她自己以外，全都是打怪如砍瓜切菜的猛人。

郭果：弱小、可憐、無助。

她最終還是完成了這一壯舉，雖然最後疼到實在受不了要了唐心訣的精神力幫助，但結束之後鄭晚晴還是認真地對她說：「妳剛剛哭著嗷嗷叫說自己也要當關公的樣子，真的很英武，我對妳刮目相看。」

郭果氣息飄忽：「……謝謝妳，但我還是希望以後不要再有這種被刮目相看的機會了。」

所有人包紮好傷口後，目光重新落在牆壁上。

這次，她們的眼神比之前更加堅定冷肅。

鄭晚晴摩挲鐵拳，扭動脖子：「接下來我們要砸碎所有牆壁。」

蔣嵐：「在最短的時間內打通所有樓層。」

七號：「找到九一九，或是找到教務處。」

郭果吐出一口血沫：「否則我們全都會死！」

灰塵在巨響中騰升瀰漫，繁密的高速攻擊雨點般落下。這次沒人留餘力，對待牆壁的態度凶殘無比，黑色液體最後甚至都來不及冒出頭，就被帶著整個樓層一起送走——

鐵錘最後一次落下，伴隨唐心訣冷靜的聲音：「第九次。」

這是最後一次變化。

如果她們之前所猜沒錯，那麼接下來她們將看到的是……

既似哀號又如哭叫般的嗡鳴聲從走廊的骷髏內響起。

在她們面前，水泥和漆塊開始扭曲著融化，已經被打散的黑色液體試圖重新爬過來，發出刺耳的尖叫。

像是整條走廊在全力阻止接下來這件事的發生，卻又無計可施，只好無能狂怒地尖叫著，眼睜睜看著一切發生。

樓層轉換的瞬間，所有空間的錯位扭曲都被一鍵替換，視野之中，走廊從整潔冰冷變得破爛陰森，牆壁從暴力拆毀的廢墟變成一塊完整的水泥。只是牆中間裂著一條半人高且僅供側身通過的縫隙，透過縫隙能看到一間影影綽綽的寢室以及裡面灑出的燈光。

第九層！

甚至連歡呼都來不及發出，她們已經本能地再次落下攻擊，直接將牆上的縫隙擴大了好幾倍，旋即便看見了裡面女生們驚愕的表情。

正在和十一、十二號討論八卦的姜同學：「……」

「妳們這麼快就回來了？」姜同學心虛地起身立正，為自己辯解：「我們剛剛沒有摸魚，有好好保護妳們室友哦！欸，妳們口袋裡裝的是？」

姜同學眼尖地看到一行人身上攜帶的紅線，神情猛地滯住。

「這、這是……」

她的呼吸聲越來越粗，眼睛裡湧現難以抑制的渴望，喉嚨上下吞咽著，目光死死黏著在紅線上，輕聲開口：「這是什麼？」

唐心訣鑽入屋內，沒有第一時間給出紅線，而是反問：「妳看到它，想到了什麼？」

姜同學呢喃：「我想、我想……我想把它吃掉。」

在無意識的囈語中抓住了自己的欲望，她語氣變得越來越強硬，聲音越來越清晰：

「對，吃掉……我要吃，給我，把它給我！」

正處在十三號的身體內，讓她還殘存著一絲理智沒有直接撲上去，但其他沒有身軀的女鬼魂就沒有這麼穩定了，房間內瞬間颳起一陣冰冷至極的旋風，呼嘯著圍繞眾人收縮，想搶走她們手裡的紅線。

漩渦中央，唐心訣拿起一根紅線握到姜同學面前，在對方興奮搶走之前扯下了手上的紗布，猙獰的傷口和濃郁血腥味彈了出來，令姜同學動作微微一怔，撲上來的動作也停了一剎。

唐心訣溫聲開口：「妳對這些紅線有強烈的吞噬欲望，因為它們原本就屬於妳們。」

「這些紅線，就是妳們生前身體裡的血肉，是嗎？」

第八章　紅線

因為唐心訣的話，女生臉上出現一絲空白。

她怔怔盯著紅線，似乎回憶起什麼，五官難受地皺成一團，伸向紅線的手開始顫抖，呼吸粗得彷彿風箱。

「是我……是我的……血肉？」

唐心訣凝視著她：「妳們生前被校方戕害，那麼妳們記不記得，自己的屍體在哪裡？」

姜同學茫然抬眼，神情更加迷茫。

「屍體？我……不知道。」

當她渾渾噩噩的在黑暗中甦醒，接受自己是一隻死了不知道多久的鬼魂，就只在有限的空間裡漫無目的飄蕩，除了對學校的仇恨外什麼都沒想過，也從沒思考到這個問題。

唐心訣輕聲點頭：「原來如此。」

「我之前一直很好奇，為什麼妳們會被校方壓制在這裡。遊戲給了妳們更強的實力，妳們應該才是這裡真正的NPC，卻成為被封印的一方……現在我知道了。」

她字字鑿落：「它們竊取了妳們的力量。」

被紅線侵蝕後，考生的血肉會被同化成紅線，絞碎她們的五臟六腑，再從嘴中全部嘔吐出來，這個過程伴隨生命力被迅速抽乾，直到只剩下一個空殼。

當同化進行到最後，她們的結局也會像那個男鬼怪附著的身軀一樣自爆，創造出更多的紅線，成為校方新的養料。

——那麼在這之前，男宿地面下方密密麻麻的紅線，又是怎麼來的？

答案已經昭然若揭。

「教務處之所以能控制這個副本，根本不是來自於它們自身的力量，而是來自於它們擁有的一批身軀，那就是曾經埋葬在這裡的妳們。」

姜同學瞳孔收縮，她還沒消化完這資訊，在一旁的蔣嵐率先出聲問：「既然如此，那是否能透過紅線來找到教務處？或許人會對自己血肉的經歷有所感應。」

珂珂卻皺起眉：「就算紅線是用血做出來的，從人死亡的那刻就脫離了肉身，還能有關聯嗎？」

「紅線影響的不僅僅是肉身。」唐心訣篤定道：「如果僅僅如此，那之前的男鬼在自爆時完全可以逃脫——他沒有。」

「對！」郭果恍然大悟，猛點頭：「而且如果鬼魂和紅線沒有關聯，為什麼它們會這麼想吃掉，吃了又能脫離環境封印？」

這說明與紅線綁定的絕不只是身體，還有他們的靈魂！

唐心訣喟嘆一聲引回主題，對姜同學說：「一切都將線索指向紅線，所以我們將它帶回來。活人被紅線吞噬，但鬼魂反而可以吃下紅線，它可以暫時讓妳們在宿舍內自由行動，但是如果妳們控制不住自己本能的欲望，導致吞噬太多，就會自爆。」

畢竟一個人的身體，自然只能承受一人份的「血肉」。

一番話下來，姜同學終於從震驚和暴走狀態中找回理智，目光複雜地落在紅線上，幽幽開口：「我想報仇。」

這是她們最初也是最後的願望，是她們在黑暗中醒來的第一個想法，也是既能讓她們瘋狂，又能讓她們清醒的軟肋。

姜同學微微仰頭張開嘴，一聲刺耳無比的尖嘯從口中發出，房間內席捲不停的旋風終於穩定下來，凝聚在她身邊。

「我先只吃一根，試試能不能出去。」姜同學艱難地吞咽口水，沉痛道：「就，先來一根吧。」

「不。」唐心訣又一次搖頭：「妳現在占據的是十三號的身體，她沒被紅線侵蝕過也不缺少血肉，妳吃下去就會和十三號一起自爆。」

「所以……」

其他人領會到唐心訣的意思，不約而同將目光投向被攙扶著的，昏迷不醒的五號、六號和十號身上。

學生鬼怪恢復行動需要身體，吃紅線也需要契合的身體，而現在，她們眼下正有三具奄奄一息，同樣急需維持生命的身體！

姜同學順著她們目光一看，嚇了一跳：「啊，她們還沒死啊？」

剛剛隔著牆洞大眼瞪小眼時，她還在疑惑為什麼唐心訣一行人帶了三個死人回來呢。

話不用多說，姜同學一揮手，兩道勁風在虛空中颳起，轉眼落到五號、六號兩人身上消失不見，而早已雙眼緊閉的兩人忽地吸了口氣，睜開眼睛。

下一秒，姜同學自己也向後一仰，十三號的身體軟倒在地，她自己則進入了十號的身體，對著手臂上的傷口若有所思。

「很虛弱，她現在非常虛弱，力量越來越小，而且過不了多久就會澈底死掉。」

她閉上眼睛：「這種感覺讓我有點熟悉，好像在我渾噩沒完全清醒的時間裡，曾經有過這種體驗。」

她相信了唐心訣的推測。

學校敢把無數學生弄死在這裡，再利用她們的屍體做出喪盡天良的事情一點也不讓人奇怪。

自從十號三人被附身，她們身體的「紅線化」似乎就停止了，姜同學從十號的手腕裡抽出了一根細長的紅線，囫圇吞進嘴裡，砸吧兩下：「沒什麼感覺。」

唐心訣：「這種剛剛形成的紅線，還沒有經過教務處的加工，應該只是半成品，而且妳自己吃自己的，總量並沒變多。」

她心中有了更多猜測，但此刻不必多說，遞過去自己帶出的紅線，「吃這個試試。」

姜同學一伸脖子把線吸進去，剛要開口說話，下一刻面色忽變，怔怔舉起自己雙手，彷彿看到什麼難以置信的東西。

緊接著她轉身撲到牆壁破洞前，試探著伸出一隻手。

手臂暢通無阻地伸了出去，然後是肩膀、頭、全身……當姜同學整個人站在走廊內，激動得連話都說不出來了。

唐心訣及時提醒：「一根紅線效力有限，不要在外面待太久。」

姜同學暈暈乎乎被拉回來，整隻鬼還處於難以置信的狀態，片刻後才能說話：「妳們知道嗎，我剛剛好像餓了五百年終於吃到飯，第一次知道什麼叫吃飽，不對，應該是喝了第一口水……」

她語無倫次地比劃著試圖表達自己的感覺。

附身在五號、六號的另外兩個女生吃下紅線，也露出難以形容的奇異神情。

這是她們第一次離開囚困自己如此之久的宿舍，走進以前毫不知情的暗道走廊，竟有種恍如隔世的恍惚感。

「我就說他們為什麼總是能知道我們在做什麼，知道我們在商量什麼，還像鬼一樣隨時隨地出現。」一個女生眼睛通紅：「原來它們就藏在這裡！」

說到激動處，女生周身炸起森森陰氣，已經迫不及待要掘地三尺把教務處找出來了。

姜同學捧一簇紅線過去：「別著急，先吃飽再辦事。」

女生：「……好的。」

張遊照顧著剩下幾個女生，看見姜同學等鬼大吃特吃的場景，仍舊有些擔心：「心訣，之前的男鬼也吃過紅線，他們卻沒找到教務處，我們這次可以嗎？」

「我們是不同的。」唐心訣靠著牆壁，聲音明確。

男鬼怪在上一場考試中與考生自相殘殺，本來就所剩無幾。但女生宿舍這裡卻還未折損，數量龐大的新生厲鬼虎視眈眈，否則也不會讓教務處龜縮到現在都不敢露面。

「我還有一件事沒弄懂。」張遊走到她身邊，她剛剛心細如髮地捕捉到唐心訣話語裡的一些資訊，在腦海整合過後提出疑問：「如果說紅線是副本形成後被創造出來的，但這些學生的屍體卻是實打實在很久以前就被學校保留著，才會有利用的機會，對嗎？」

——那這個學校到底變態到什麼程度，才會在將學生折磨致死後，還存儲她們的屍體，異化她們的血肉，榨取她們的力量？

並且，如果校方真的能獨立創造出「紅線」這種陰毒至極的東西，說是被遊戲偏愛都不為過，怎麼會對應副本中力量更弱的那一方？

唐心訣毫不意外張遊會想到這一點，笑笑回答：「誰說這些紅線，一定是在遊戲裡被創造出來的？」

張遊一驚：「妳的意思是……」

如果紅線不是在遊戲內大家都變成鬼之後出現的，那難道在這之前就已經——

唐心訣：「一個為了騙錢的野雞大學，把所有學生弄死在學校裡，從沒改過學校地址，還能不受影響的一屆一屆招收新生嗎？」

就算欺騙再多學生，學費加起來能有多少錢？從一個學生身上欺詐的錢，要承擔囚禁殺死她後接踵而來的一連串曝光和刑事危險——而如果真有這種手眼通天的能力，根本不需要靠搞野雞大學來賺錢。

張遊眉頭越皺越緊，最後悚然道：「副本給我們的背景資訊不完整！」

「我們最初看到的資訊，都是來自學生的視角，自然不完整，很容易忽略裡面的違和之處。」

唐心訣冷笑：「遊戲降臨，為什麼偏偏是這所學校被選中成為了副本？它和我們之前看到的那些副本有什麼共同之處？」

張遊陷入思索，就在姜同學幾人將分好的紅線吃完時，她眸光一亮：「在成為副本前，這棟宿舍就已經有鬼存在了！」

她們一直忙於對抗教務處埋下的陷阱，鮮少有時間思考這個副本的全貌，甚至忽視了一點：姜同學等鬼魂，並不是在黑霧吞噬宿舍，副本形成後才出現的。

從原九樓新生的記憶來看，無論是九一九和九二一兩個寢室裡被她們誤以為是活人的「行屍走肉」，還是八樓夜夜的幽怨啼哭，都證明鬼怪早已存在……而校方，是不是也同樣知道這一點？

張遊覺得自己抓住了脈絡，順著捋下去，意識到一個她以前從沒想過的假設：如果校方的目的根本不是，或者說不只是騙錢，而是從一開始就是為了將學生們折磨致死呢？

她以前是堅定的唯物主義者，但誰說這所學校的校方一定也是？

他們不僅有可能對一切完全知情，甚至這幫人最終的目的，就是為了催化出鬼魂的存在！

那屍體與紅線……張遊一個激靈，不讓自己的思考繼續發散，以免接下來心神動盪。她深吸一口氣說道：「《三年一班死亡錄》、《無頭怪談》，還有這個副本，它們是不是有相似之處？」

三年一班的李小雨，無頭怪談裡魏仙的師父，以及這個副本中的學校。

如果說前兩個副本還可以說是巧合，那麼這個副本，向她們展示了遊戲降臨，乃至副本形成的過程與核心，要是在唐心訣的提示下再想不出什麼，她就白經歷這麼多場考試了。

得到唐心訣肯定的回答，張遊也確定了自己的猜想：「……是邪術。」

若她們的猜想是正確的，那麼教務處的來歷和身分就大有待商榷之處，至少他們絕非單純的學校經營者，反而更像是一個精通邪術的團夥！

與無頭怪談中金雯四人的淒慘下場相似，這所「學校」的學生被迫成為某種獻祭或者計畫的犧牲品，而整個宿舍變成了養蠱場，只不過校方千算萬算卻沒想到，遊戲會降臨。

黑霧蔓延吞噬之處，現實被拉入遊戲場。活人變成鬼怪，鬼怪從地下甦醒，掌管者變成陰溝裡落荒而逃的老鼠，被剝削殘害的弱者卻擁有了更高的力量。

「所以教務處只有利用紅線和它們原本的能力，緊急設下限制學生鬼怪的陣法，把紅線鎮壓在地面下，也同樣鎮壓住了這裡的冤魂。」

唐心訣輕輕勾起嘴角：「這操作是不是有點熟悉？」

「是不是很像郭果以前喜歡看的那些玄學或恐怖故事中，做了虧心事又害怕被厲鬼報復，因此要先下手為強的旁門左道？」

郭果聽到自己的名字，立刻湊過來小心翼翼問：「我怎麼了?妳們在討論什麼呀。」

她把腦袋鑽過來好奇地看向二人，卻看見張遊面色嚴肅嘆了一口氣：「我們在誇妳有先見之明。」

郭果：「……」

我信妳們才有鬼！

她只當兩人在敷衍她，撇撇嘴轉頭望向門口那邊，只見姜同學等人吞下紅線後卻呆立在原地，既沒有立即開始行動也沒有其他表現，而是垂著頭看不清表情，也不知道發生了什麼。

……這是？

有人想過去查看情況，卻被唐心訣攔下。

唐心訣搖搖頭：「再等一等。」

過了三分鐘左右，姜同學和另外兩名女生才緩緩抬起頭，然而這時，她們眼中卻布滿了血絲，紅彤彤分外瘆人。

「我想起來了。」

姜同學聲音沙啞開口，罕見的沒有太多情緒起伏，卻令人感覺到暴風雨來臨前的平靜。

唐心訣：「全都想起來了？」

姜同學扯起嘴角：「一部分。我們靈魂裡的力量和記憶被封存在一起，吃的越多就恢復越多，如果我想全部恢復，恐怕要把自己吃到爆炸才行。」

陰冷的氣流在她頭頂一股一股來回飄動，似乎在安慰她。

「沒關係，我現在很理智，不會做傷害自己的事。」姜同學露出一口白牙：「多虧妳們的提醒，讓我有了心理準備。如果讓我自己發現紅線並吃掉，我可能會被記憶裡的憤怒衝擊得昏頭，寧可自爆也要獲得完整力量去找教務處報仇……但現在，我不想這麼做了。」

她張開雙手，目光落在空中：「除了我，這裡還有很多很多女生，有的死的比我早，有人死的比我晚，她們從沒離開過這裡，甚至有的已經不會思考，忘記自己為什麼存在。」

「她們需要力量，也需要離開這間牢籠……紅線給不了她們，但是我可以。」

說罷，姜同學露出明朗的笑，望著普通人看不見的身影們：「從現在開始，妳們可以隨意使用我的力量，我的能力就是妳們的能力，我的自由就是妳們的自由。離開這裡，去復仇吧！」

看不見的力量從她指尖傾瀉而出，她的眸光迅速黯淡下去，與此同時，房間內原本就存在的陰冷氣流變得越來越明顯，大作的陰風比之前還要凌厲，空氣中隱隱有半透明的身影出現。

附著在五號、六號身上的兩個女生也對視一眼，無聲地搭上姜同學的手。

她們是眾多鬼魂中最早覺醒的一批，也是力量最強大，一直引導著大家行動的領頭者。但她們清楚，這些看起來不太聰明的靈魂們，並不是真的癡傻或者笨拙。正是這些同伴當初輸送力量給她們，自己停留在黑暗角落，才讓她們能堅持到現在。沒有所有女鬼魂的聚集和互相影響，也就沒有任何一個人會甦醒，更沒有今天的希望。

她們可以不親手手刃仇人，但所有同伴必須擁有自由和復仇的可能，一個都不能少！

隨著兩個女生的加入，由紅線轉化又釋放出的力量越來越多，空氣中熙熙攘攘的虛影一個接一個變成能看到的實體。

她們有的還保持著死亡的狀態，有的懵懵懂懂環顧四周，有的想撲過來阻止姜同學三人，有的擁抱在一起，放聲大笑或是無聲哭泣。

當最後一個虛影也轉換完成，十號的身體失去支撐般倒地，五號、六號也是一樣——眾人連忙上前扶住三人身體，才發現附在身體裡的鬼魂已經不見了。

五號嗆了一口氣睜開眼，虛弱又疑惑地問：「這是，這是怎麼回事？」

她們也得到了這些鬼怪贈與的一部分力量，走到盡頭的生命被延長了。

目睹全程的郭果睜大眼睛，無論怎麼調動陰陽眼都看不見原本這三隻鬼的影子：「難道姜同學她們……」

就這麼消散了嗎？

唐心訣似有所感仰起頭，用精神力感應周身的環境，明明沒看見有身影在，卻似乎聽到了一個女孩的聲音：『放心啦，我們只是變成了最虛弱的狀態，正好可以偷懶了。這裡馬上就會變危險，妳們快點離開吧。』

聲音像風一樣飄散了，而剛剛獲得實影和紅線力量的一眾女鬼魂們來到出口，邁出了第一步。

成功走出。

下一瞬，這些身影尖嘯著飛入走廊，整個走廊輕輕顫動起來，連帶著空間也嗡嗚震動不止。唐心訣立即轉頭拉住室友，室友也同一時間尋找彼此，她們跟在鬼魂們身後離開寢室進入走廊，其他人也反應極快地蜂擁而出。

蔣嵐和珂珂扶著阿念，五號三人互相攙扶，十一號和十二號拉著剛剛甦醒的十三號和十五號，而七號則飛快奔進去拖起了歐若菲……當最後一個人也邁出寢室，已經裂開一條大洞的牆壁發出巨大聲響，轟然倒塌！

碎裂的水泥和結構將兩個空間交界口堵得嚴嚴實實，不用去看也能猜出裡面的寢室已經坍塌成一片廢墟，與男寢室的下場殊途同歸。

「我們快點走！走廊也要塌了！」

前面的人轉頭提醒後面，聲音在呼嘯的氣流中斷斷續續。

不知道為什麼，隨著女鬼魂的湧出和行動，原本凝固的空氣變成尖刀般的罡風，阻擋著眾人向前走的步伐，每一步都像走在懸崖峭壁上，抵擋著氣流艱難說話。

「咳咳，我看不到路了，好大的灰！」五號捂著嘴，她們本來只剩下極其虛弱的力量，在這種環境下很快就落到隊伍最後面。

就在三人舉步維艱之時，一道強大的推力忽然出現在五號背後，她驚訝地回頭，看見不知何時帶著歐若菲退了回來的七號。

七號簡略一點頭，聲音還是一如既往的冷淡：「快走。」

女生雖然不善言辭，五號卻早已看出她和珂珂一樣是刀子嘴豆腐心，要不是現在沒力氣做多餘動作，現在必定感激地撲上去啵她一口，饒是如此也激動道：「謝謝！要是以後，咳咳，能通關，再見面我一定請妳吃飯，牛奶糖吃到飽……」

七號手上更加用力：「妳們先安全通關再說吧！我再也不想……」

五號沒聽清：「再也不想什麼？」

七號沒回答，一隻手推三個人，另一隻手抓著歐若菲，用幾不可聞的聲音說：「……再也不想失去同伴了。」

唐心訣幾人走在最前方。

走廊裡瘋狂的氣流像是躲在暗處的教務處最後的反撲，罡風中時不時夾雜著鋒利能致傷的物體，大部分被唐心訣的鐵錘和張遊的帳本擋了下來，鄭晚晴也熱血沸騰地想用拳頭和罡風正面剛，但是她看了看身後，還是選擇用來保護看起來隨時會被吹跑的郭果。

郭果捂著手腕傷口，抱著鄭晚晴的手臂拚命往前挪，生怕自己拖隊伍後退，埋頭走了半天卻聽到鄭晚晴提醒：「妳把頭抬起來點。」

郭果瘋狂搖頭：「我不抬！」

她不看眼前的路，可能還能膽子稍微大一點，要是看到什麼可怕的東西，生理性腿軟就更走不動了！

鄭晚晴沉默片刻：「妳真的不抬嗎？」

「不！除非不抬會死！」

「死倒不至於……那好吧。」

又過了不知多久，郭果感覺四周的氣流似乎小了些，氣流中的尖叫聲也不再那麼嚇人了，室友的步伐也慢了下來，似乎看到了什麼。

她這才小心翼翼抬起頭，還沒看清眼前的景象，就感覺頭頂有些發涼。

不對，是涼的有些過分了。

郭果茫然地抬起手摸了摸腦袋，沒摸到熟悉的頭髮，卻感覺有些涼颼颼光溜溜。

郭果：？

她被風颳禿了？

面對郭果崩潰的眼神，鄭晚晴聳聳肩：「死倒是不至於，就是會禿。」

「……」

最前面的唐心訣忽然停下腳步，打斷了後方眾人的思緒。

空中紛揚的灰塵漸漸散開，露出了前方的景象。

在走廊盡頭，多出了一扇門。

一扇塗著紅漆，緊鎖的鐵門。

第九章　教務主任

考生們可以確定，她們在九層樓裡輪番轉了一圈，從來沒見過這扇紅門。

它就像是憑空出現的一般，既詭異突兀，又與走廊奇異地融合到一起。

唐心訣：「我們這次是跟隨著鬼魂的腳步走過來的，看到的自然也是它們找到的事物。」

和她之前猜測的差不多，活人就算把宿舍翻個底朝天也找不到這裡——只有鬼怪才能找到鬼怪。

鄭晚晴目光灼灼：「把門打開？女鬼她們已經進去了！」

同夥鬼怪已經一馬當先，她們自然不能落於人後。

張遊卻不建議冒進：「如果教務處在這裡又設了埋伏呢？」

現在已經到了最關鍵的時候，她們的餘力已經不多，支撐不起任何一次滑鐵盧和像紅線割傷一樣的突發變故了。

鄭晚晴：「那我們幹什麼，在這乾等著？」

眾人面面相覷，到了終於找到教務處的這一刻，卻不知道該怎麼做。

唐心訣出聲提醒：「看看我們的傷口。」

她們這才想起已經被忽視半天的紅線割傷，拆開紗布一看，只見都出現了不同程度的變異，除了五號三人外，最嚴重的是珂珂和郭果，她們甚至已經能看到紅線了。

郭果臉色一白：「我是不是要死了？」

「暫時還不會死，如果我們能在它發作前通關的話。」唐心訣給出回答。

蔣嵐嘆一口氣：「如果我們在這裡等著，通關的速度只能取決於女鬼怪們的進度，或者說是交給命運。」

珂珂冷哼一聲：「我還是選擇在自己人生最後一段時間掙扎一下，至少比起不明不白死在這裡，也要知道害死我的 Boss 長什麼樣。」

七號：「我也要進去，我不喜歡等待。」

她頓了一頓，對還在猶豫的歐若菲說：「妳別進去了，起不到什麼作用，徒添危險。」

歐若菲：「……」

雖然說的是實話，但還是扎心了 QWQ。

沒想到下一秒，七號竟把自己的刀扔了過來，「它可以對鬼怪產生傷害，必要時能起到防護作用，妳拿著它等在門口，可以減少很多危險……至少應該比進門裡更安全。」

歐若菲愣住，她茫然地捧著刀，完全沒想到七號竟然會把這麼重要的武器給她。

明明剛進副本時，七號對她的態度和珂珂可以並列為最差的，她還一度覺得是自己太廢物導致被七號討厭了，從沒想過在關鍵時刻能得到對方不遺餘力的幫助。

七號纏上紗布又抽出幾把普通匕首插在腰間，她沒轉頭看歐若菲的表情，只硬邦邦道：「我的寢室，原本有六個人。」

「我不太喜歡她們。她們像妳一樣，又傻又呆不會想人的壞處，連鬼怪的謊言都看不穿，還總喜歡當聖母替別人擋刀。」

「兩場考試，她們都沒了。」

七號咬了咬牙，悶聲繼續說：「我不喜歡她們，但是我每天不敢做夢，我不想在夢裡夢到她們一個個離開。我每天都希望時間能重來，希望自己能變得更強一直活下去，直到找到方法讓她們重新回來為止。」

歐若菲吸了吸鼻子：「我能理解妳，我每天一個人睡在寢室裡，都會想起室友消失的那個瞬間，又害怕又難受……」

「所以妳好好活下去。學會保護自己，才能保護別人。並且記住，活著才能改變一切。」

七號整裝完畢走到隊伍最前面，從始至終沒有回頭。

最終結果很快落定，選擇不進入門內的是十一號寢室四人和歐若菲，而剩下的人決定進入門中，為裡面可能發生的一切背水一戰。

唐心訣握住門把手：「那麼，準備好了嗎？」

郭果摸了摸腦袋，小聲道：「如果我們通關了，我能在商城買一瓶生髮水嗎？」

她的室友們回答：「應有盡有。」

「好，那我也準備好了！」

郭果咬緊牙關握住胸前吊墜，直面被拉開的紅門。

紅門打開，裡面又是一道黑門，中間的空隙剛好可以容納她們幾人。

沒感覺到其他危險，唐心訣再次走到黑門前，按下把手。

郭果猛地咬住下唇，她已經做好了最差的準備，在看到門內景象的一刻還是呆了一瞬。

門內是一個方方正正的的房間，沒有張牙舞爪的鬼怪，也沒有陰森恐怖的死屍——只有房間中央擺著的一張木桌子，還有坐在木桌背後的乾瘦女人。

女人抬頭看了她們一眼，半點也不覺得意外，只是伸出手擺了擺，示意她們快點走進來：「過來簽名吧。」

「簽名？」唐心訣重複這兩個字。

「對啊。」女人不耐煩地抬頭，把她們打量了一遍，「沒錯，就是妳們幾個。快過來在這裡簽上名，然後領取妳們的行李，就可以入學了。」

入學？

眾人沒有動彈，不知道這個看起來正常的女人究竟是什麼東西，葫蘆裡賣的又是什麼藥。

郭果愣愣觀察這個女人，忽然一激靈想起了什麼，忙在腦海中對唐心訣說：『訣神！妳看她像不像，像不像是記憶片段中的那個……』

唐心訣補上後面的話：『被黑霧吞噬前站在九一七門口的女人，這所學校的教務主任。』

郭果一口氣喘上來：『沒錯！』

記憶片段中教務主任只出現了極短的幾個瞬間，乾瘦女人穿著一身黑色衣服對新生聲色俱厲地批評喝令，哪怕不是屬於自己的記憶，她們也能透過景象感受到根植於學生們內心的恐懼，這給郭果留下了極其深刻的印象。

當然，已經死在這裡的學生們再找到她時，大概不會再害怕了。

毋庸置疑，這個女人就是害死無數學生的罪魁禍首之一，學生鬼怪們的首要復仇對象。現在她看起來毫髮無損坐在這裡，而剛剛明明湧入了紅門的女鬼怪們卻不知所蹤，不由得令眾人心頭直跳。

一直站在門口也不是辦法，唐心訣率先走了進去。她打量四周，看見正對著門口的牆上懸著一條橫幅，上面寫著「歡迎二〇二一新生入學」。

她心中明悟：「這裡是招生辦公室，還是入學登記處？」

教務主任盯著她，嘴角扯起乾巴巴的笑意：「妳很聰明，孩子，這裡就是入學登記處。每個入學的人都需要在這裡登記，妳們也一樣。」

珂珂在後面抱臂冷笑：「這是在幹什麼，玩角色扮演？要我們陪妳扮家家酒麼？」

教務主任臉色大變，狠狠剮了她一眼，「不准用這種態度和老師說話，沒有一點學生的樣子！」

珂珂絲毫不配合：「如果我上大學時碰見的是妳這種傻老師，我寧可撕了錄取通知書重讀高三。讓我看看，這就是你們糊弄新生入學的地方？假如騙子團夥也有消基會，你們是可以被投訴詐騙的，就這？是誰給妳的自信在這以老師身分自居？你們分贓時，都沒錢抽出來買點葡萄酸鋅補補自己的腦袋嗎？」

女生語速如同飛射的子彈，句句戳爆對方肺管子，乾瘦女人臉色黑了又青青了又黑，最終勃然大怒拍案而起：「妳們是我見過最差的一屆學生！」

珂珂：「真的嗎？我不信，除非妳把前幾屆學生叫出來讓我看看。」

教務主任：「……」

她嗆不過珂珂，便把怒火發洩到其他人身上，離得最近的唐心訣首當其衝，「妳，過來把這些表格都拿走！今天妳們要把申請表抄寫三十份，不抄完不許進食堂吃飯！」

唐心訣用絕佳的視力瞥了桌面上紙張一眼，也笑了：「申請表、保證書、免責聲明、校規懲戒書……哦，還有一個拙劣的迷惑術。你們真的覺得，這種連基礎幻像與精神操控都算不上的東西，能控制住我們？」

「意志稍微堅毅一些的人都可以免疫的把戲，竟然被拿出來當攻擊方式，看來教務處是真的到了窮途末路，黔驢技窮了。」

說罷她一揮手，精神力長驅直入，直接撕碎了覆蓋在紙張上的術法。

被一頓羞辱後又被貼臉嘲諷的教務主任：「……」

她拉得老長的臉抽動不止，胸口急劇起伏，幾乎無法維持表情。緩了半天才從牙縫裡迸出一句：「無論如何，妳們現在都是我們學校的學生了，總要遵守學校的規矩……」

教務主任從桌子下方拿出一遝契約，狠狠甩在桌面上。

眾人定睛看去，只見這次的契約上赫然寫著「交換生保證書」，而在契約的末尾，則簽著每個人真實的名字。

唐心訣挑眉：「原來這就是你們最終的依仗啊。」

交換生體驗新學校的身分，是考試為她們設定的身分。

正常情況下，背景身分並不會對考生起到至關重要的作用，無論是負面還是正面的影響都十分有限。

但是這次的教務處NPC十分賊，不知道它們用了什麼方法，竟然真的像模像樣搞到一批保證書，只是不知道這些契約會對她們起到什麼限制。

教務主任看著眾人表情，臉上重新掛上倨傲的冷笑，抓起一張保證書：「看到了嗎？這上面是妳們的名字，還有我們學校和妳們學校分別蓋上的公章，從妳們來到這裡的第一天起，就是我們學校的學生了！」

「還沒聽懂嗎？」一絲扭曲的笑容在教務主任臉上蔓延，她撕下偽裝的表情，露出抑制不住的陰狠：「無論妳們做什麼，都無法逃脫我們的掌控。只要我們不允許，妳們就無法離開這裡——」

「別做無用功了，妳們永遠出不去了！」

教務主任欣賞著眾人各異的表情，澈底咧開嘴角，還沒來得及大笑，卻見唐心訣忽然向前一步，「老師，我看到你們的公章有點問題。」

話音未落，鐵錘重重落在了桌面上，將整張桌子砸得四分五裂，連同保證書一起零落在地上。

教務主任被衝擊力撞得飛到後面牆上，捂著胸口咳嗽不止，一摸鼻子下方摸到撞出的血，臉頓時扭曲得像個長變了形的絲瓜。

唐心訣抬起鐵錘，卻見地面的保證書毫髮無傷，紙張似乎不會受到任何損壞，連上面的文字都沒有刮花半點。

教務主任看到這一幕，原本尖叫的罵人變成了幸災樂禍的詛咒：「保證書是不可能被摧毀的，妳們的結局從一開始就註定，全部的努力都是徒勞無功，自我感動而已。妳們以為自己和以前來到這裡的學生有什麼不同嗎？不，妳們很快就會變得和她們一模一樣！呵呵……咳咳咳！」

她整個人被忽然靠近的唐心訣薅起來，又被輕飄飄扔到角落，破布袋般滑下來。唐心訣勾起一絲冷笑：「看來我猜的沒錯，你們本身沒有什麼力量，在外面設下的陷阱就是你們全部的能力，而你們在這裡的本體就像普通人一樣脆弱，或者說，至少大部分都這麼脆弱，所以才龜縮在這裡不敢露面。」

教務主任咳出一口血，猙獰道：「這樣的生活不會很久了，妳們可以在這裡殺掉我，但同樣也會一起陪葬，當妳們澈底變成養料，我們就會復活，然後澈底扭轉局面。愚蠢的學生……」

「是嗎？」唐心訣蹲下身看著她：「所以讓我們出去，只需要教務處的一句同意，你們拿到了這權柄。」

「沒錯，如果妳們痛哭流涕的懺悔求饒，從此當一個好學生，我還可以考慮考慮。」

教務主任被撞得滿臉血，還是變態地笑道：「對了，在妳們之前也有人闖進這裡，他們也是同樣結局，妳們很快就能看見他們了。一個男宿舍，一個女宿舍，正好是我們學校新一屆的學生，哈哈哈，一切正好！」

女人沒能把這句話說完，因為她身後的牆壁傳來一聲重擊，彷彿有人從裡面奮力撞擊這扇牆。

捕捉到教務主任臉色微變，唐心訣瞇起眼睛，加了句重音：「我很快就能看見他們了，是嗎？」

唐心訣話音剛落，牆壁又震顫了一下，教務主任下意識縮起脖子，嘴巴無聲地抽動，似乎在罵什麼髒話。

所有人都被牆後的動靜吸引了注意力。

郭果激動起來：「是不是姜同學她們？她們要過來了嗎？」

唐心訣眸光微動：「從撞擊的頻率和力道來看，不像是鬼怪的動靜，反而像是……人。」

若論活人，她們都在這裡，歐若菲幾人在門外，那此刻正對著門這面牆的背後，還會是誰？

剛剛從教務主任嘴裡吐出的詛咒重新浮現在耳邊，眾人交換目光，不約而同想到一個名詞：「男宿舍！」

從男鬼怪那裡已知，男宿舍和女宿舍都成為了考試副本，而男宿舍的考試比她們更早開始，考生們大多死在副本內，只有少數在最後闖了出去不知所蹤。

因至今沒見到任何男宿舍考生的身影，一行人已經默認他們團滅於此，但就在剛才，教務主任的話中卻包含另一個資訊——男宿舍考生還在這裡！

「剛剛是我們誤會妳了。」唐心訣揚起一抹笑意：「妳說我們馬上就能見到『他們』，原來指的是這個意思。看來妳對教務處實力還是有點數的。」

教務主任：「……」

它不是這個意思！

乾瘦女人瞪得眼球凸起，陰森森地維持著氣勢：「別做夢了，那些不聽話的學生已經被關在懲戒室不知道多久，就算他們還沒腐爛，也不可能有力氣走出來。怎麼樣，害怕了嗎？這就是妳們的後果……」

它的恫嚇再次被迫中止，因為這次牆壁後方傳來更加明顯的震顫，甚至隱隱能聽到繁雜的聲音，無論怎麼聽都不是女生的音調。

唐心訣：「懲戒室開在招生處旁邊，你們還挺會節省空間的。」

教務主任臉色終於澈底變成青色，以能把脖子扭斷的力度猛地轉頭，不敢置信地看著牆壁：「不可能……這怎麼可能？」

「這麼驚訝？是不相信上一場考試的學生竟然到現在都沒死，還是不相信這一場考試的學生能活下來，亦或是不相信被你們害死過的學生有朝一日還能回來復仇——」

隨著牆壁被撞擊的震響，唐心訣的聲音一句比一句清晰，戳穿教務處強弩之末的真相：「如果站在我面前的是完整的校方，那它至少包含三撥存在：學生會、舍監和教務處。但現在不僅沒見到另外兩方的影子，就連教務處也只有妳孤零零一個。」

拆解邏輯，揭穿違和之處，教務主任威脅恐嚇的表像搖搖欲墜，哪怕繼續尖叫和咒罵，也無法阻止唐心訣得出結論：「所以，又要引開女鬼魂讓它們暫時找不到這裡，又要囚困上一波考生，承受與他們對抗的折損，你們所有能用的人手都已經派了出去，而到最後剩下的，就是最核心，也最不能受威脅的存在，是嗎？」

唐心訣面含笑意，站在她對面的教務主任卻笑不出來。

「我要把妳抓進懲戒室，我要把妳的嘴巴割掉，讓妳當鬼也無法開口。」

她疾聲厲色地指著唐心訣大罵，似乎下一刻就要撲上來，但每每險些碰到鐵錘，她都哆嗦一下忌憚地縮回，最後只能原地跳腳無能狂怒的模樣，像極了潑婦罵街嘶吼。

鬼怪慌了，考生們反而安心了。

不少人緊繃的肩膀鬆弛下來，眼睛一點點亮起，意識到成功就在眼前。

速度最快的幾人已經飛身行動，七號的刀刃抵在教務主任的脖子上，只差毫釐就能直接割進去：「別說廢話了，現在讓我們出去還能讓妳留個全屍。」

唐心訣及時阻止她的動作：「別在這對它動手，多半會觸發最後機關！」

教務主任鬼怪就是個弱雞，在考生面前毫無反抗之力，還敢在這詛咒挑釁，依靠的肯定不是能把考生騙過去的自信。

七號：「那我們能幹什麼，在這陪這個傻子乾等著嗎？」

唐心訣：「放心，副本真正的主人已經被釋放了，它們撐不了多久。」

似乎正應和她說的話，教務主任身體忽然猛地一抖，眼珠慌亂地咯咯轉動，朝房間四周不住地瞟。

循著它的視線望去，天花板縫隙處傳來窸窸窣窣聲響，旋即一隻青黑色手掌忽然抓了進來！

「咯咯咯……」

「找到妳了……」

「教務主任……張老師！」

無數隻手從天花板探下來，然後是身體和臉龐的形狀，只是似乎有一層薄薄的膜阻止，讓它們無法真正進入這裡。

「還差最後一道門……」

「讓我們找到入口……」

「我要在這個房間裡放一把火……嘻嘻嘻……」

「我找到了，我找到了！」

女生們遙遠的討論聲此起彼伏，穿透牆體交織混合，在每個人的耳膜外，一寸一寸向下壓。

如果不知道這些聲音的身分，眾人肯定會緊張。但現在知道發出聲音的都是女鬼魂後，精神汙染效果不僅大大降低，甚至令人感覺安心不少。

反應最大的反而是另一個鬼怪——教務主任捂住耳朵抖若篩糠，最後終於無法忍受地尖叫起來，在女鬼魂們破牆而入前主動撞上了七號的刀刃！

七號一驚立即收手，然而已經晚了一步。黏稠的黑色液體從教務主任脖子裡噴出，它並沒有倒下，而是怪笑兩聲趁機退到牆角，黑血一滴滴掉落到地面上，腐蝕出一大片血跡。

看到熟悉的黑色液體，眾人終於頓悟之前的黑色液體為什麼能主動對她們發起攻擊，原來是教務處在操縱自己的血？

『小心，千萬別碰到被腐蝕的地面。』

唐心訣的聲音在六〇六寢室四人的腦海中響起。她剛剛閃避開噴濺的黑血，旁邊的七號卻沒能倖免。

七號握刀的手臂不小心被濺了一滴血，還沒來得及擦拭，雙腳就忽然向下一沉——只見地面突然伸出一雙漆黑的手，死死抓住她的腳踝！

「啰嚓、啰嚓……」

地面濺到黑血的地方鼓起一塊塊碩大的腫泡，無數黑色枯手從破碎的腫泡中伸出來，群魔亂舞地搜尋獵物，試圖將房間裡的考生們拉下去。

「哈哈哈，一起死吧，都來給我們陪葬！」

教務主任笑得像個精神錯亂的精神病人，動作卻一點都不馬虎地捂住脖子躲藏在牆角，生怕裡面的血全部流光，眼球飛快轉動。

「嘭！」

笑到一半的教務主任再次被撞飛出去，它身後的牆壁在又一聲巨響中轟然炸開一塊圓洞，塵土飛揚中露出幾個不甚清晰的身影。

「馬的，終於找到打最終 Boss 的地方了……欸？」

將房間內景象收入眼底，牆外男生大驚失色，大驚一聲：「Boss 這麼多？」

第十章　另一批考生

這一刻，牆內人鬼和牆外幾人的反應說不上哪一方更加精彩紛呈。

隔著塵土紛飛的模糊視野，幾個男生隨著第一位的叫喊下意識做出抽武器的動作，房間內一行女生也連忙以防禦姿勢後退，氣氛一時間劍拔弩張。

郭果傻眼大喊：「等等？我們不是Boss啊？你們不是考生嗎？」

先前大喊的男生反應飛快：「大家小心，這群Boss智力還不錯，故意欺騙我們放鬆警惕，千萬別冒進……欸欸欸？時哥你怎麼進去了？」

一個身量高挑的男生從他後面側身一邁，率先走進了招生處房間內，冷靜道：「她們不是鬼怪……至少站在這裡的不是。」

「你也被奪舍了？完了，我們等死吧。」

男生絕望地放下手裡的鐵鏟，卻發現房間裡的「Boss」也沒向他發起攻擊，當煙塵散去，露出一排年輕女孩。

男生：？

正在他愣神的功夫，地面突然探出一隻沾滿黑漆的大手，速度極快地向他雙腿抓去！

男生還沒來得及反應，一把鐵錘比隊友的支援更快到達，鬼手眨眼就被砸成了黑泥。

唐心訣拎起錘子對他點頭：「男考生？」

大驚小怪的平頭男生：「……妳、妳真不是怪物？」

趕過來的鄭晚晴揚起右臂就是一拳，拳風從男生陡然睜大的眼睛前颳過，重重落在空氣悄然形成的新鬼手上：「廢話當然不是！我們是女宿舍考生，和你們一起打怪的！」

鄭晚晴向教務主任努力隱藏身形的牆角一指，「喏，看到了嗎，真正教務處的Boss在那邊。」

她和唐心訣一前一後趕過來不是為了解釋身分的，兩人沒再管滿頭問號的平頭男生，拉起身陷黑漆的七號，將糾纏她的鬼手全部打碎，幫助七號恢復雙腿行動力。

最先進來的男生也搭了把手，等七號站起來他就轉頭，目標明確地走向教務主任。

教務主任似乎認識他，登時臉色灰白：「不遵守校風校紀的學生……你已經違規了！你會受到最嚴厲的懲罰！你會後悔終生，你你你……」

男生果然停住了腳步。

教務主任沒想到自己的威脅真的有用，喜出望外剛要繼續，卻感覺到頭皮頂上傳來一絲涼意。

「嘻嘻嘻……」

「咯咯咯……」

女孩充滿惡意的笑聲飄進耳朵，彷彿就在耳邊……

教務主任仰起頭，看到一張青紫腫脹的臉。

它以吊垂的方式自房頂落下，在頭頂上咧開嘴角：「好久不見呀，張主任。妳還記得我是誰嗎？」

這個房間開啟以來的第一聲尖叫，終於在教務主任的崩潰中打出了第一槍。

天花板破碎，牆壁地面化為濃漿，惡鬼地獄重現人間。

無數死狀淒慘的女孩爬進屋內，張開雙手抓住教務主任，敘述著刻骨銘心的回憶，親切的讓對方體驗自己曾經受過的遭遇。

呼嘯的陰風讓房間裡幾乎站不住腳，唐心訣拉住室友的手。現在當務之急是擺脫瘋狂攻擊的鬼手，不能被它們拖到地下。其他人也紛紛尋找可以落腳的地方，好在一整天與黑色液體戰鬥的經驗讓她們有了嫻熟的對戰技巧，遊走在鬼手之間也能不落下風。

但對於剛剛進入房間裡的男考生來說，情況就沒有那麼樂觀了。

「時哥等等我……我靠！這什麼東西？怎麼這麼多？」

「很明顯這都是Boss黑血的變種。」同伴向平頭男生解釋了兩句，卻見平頭男生又對著天花板張大嘴巴：「哦我靠，這些都是鬼沒錯吧？怎麼比學生會那群變態還多？」

「學生會？」

本來已經盯準教務主任心無旁騖的女鬼怪被特殊名詞喚起注意力，脖子呀嚓一聲一百八十度旋轉，兩股血淚從黑眼眶裡汩汩流下：「你說什麼？」

平頭男生：「……對不起，我什麼都沒說。」

「學生會刺瞎了我的眼睛，讓我餓死在裝滿食物的櫥櫃外……我要找到它們，它們在哪裡？」

瞎眼女鬼流著血淚一步步靠近，平頭男生不敢貿然攻擊，只能求助原本就在這裡的女考生：「誰能幫幫我，這到底是什麼情況啊！」

上面一群鬼，地下一群鬼，中間還是鬼，還突然出現了另一波自稱也是考生的女生……他快被搞瘋了！

一道清冽溫和的女聲傳來：「實話實說就行。」

平頭一愣，看向唐心訣：「實話實說？」

「沒錯。」唐心訣掄起比自己大腿還粗的鐵錘又砸碎一隻鬼手，黑色液體飛濺到路過的女鬼身上。平頭瞳孔一縮，卻愕然發現女鬼卻並沒有露出凶殘之色，只是嫌棄地抹了抹，就繼續爬向教務主任了。

平頭不知道是不是自己被這個坑爹副本關傻了，竟然離奇地覺得這群女鬼似乎對考生沒有敵意，可是怎麼可能呢？

男寢室纏戰的慘烈結局倏地湧上腦海，平頭一個激靈，還是慢慢舉起鏟子，準備隨時與眼前已經變成厲鬼的女鬼拚死一搏。

「韓影。」

就在這時，一直被喚做「時哥」的人終於轉過頭，冷靜喊出了平頭男生的名字：「別攻擊，和它們交流。」

「啊？」

「這些女……宿的鬼對我們沒有惡意，也可以說，它們最主要的惡意不在我們身上。」男生垂眸，轉動手裡的長方形金屬物體，「對於不同的人，考試是不同的。」

對他們而言凶殘惡極的鬼怪，在另一波考生這裡未必如此。他們得益於其他人開闢的戰場，也要遵守別人的規則。

韓影將信將疑撓撓頭，試探著對瞎眼女鬼魂道：「那我說了，學生會是被派來耗死我們的，剛剛才在懲戒室被我們弄死，但可能也沒死全。妳要是實在想報仇，就，去隔壁看看？」

女鬼轉動腦袋，竟真的一陣風颳進了隔壁，不少鬼影也跟著衝了進去，須臾間就拖出幾隻慘叫的殘影，正是還沒魂飛魄散的學生會鬼魂。

「嘻嘻嘻，一個都跑不掉，大家要整整齊齊。」

進入房間的鬼怪越來越多，教務主任慘叫聲愈發強烈，垂死掙扎的鬼手也越加瘋狂。

唐心訣剛幫郭果從一輪攻擊中掙脫出來，就聽到教務主任歇斯底里的慘叫：「不要殺我！救救我！我會報答你們的，我會支付報酬，一個絕對能讓你們滿意的報酬——」

看見唐心訣轉頭，張遊三人也回頭張望：「怎麼了？」

唐心訣：「妳們聽到聲音了麼？」

室友更懵逼：「什麼聲音，沒聽到啊。」

以同樣的問題問蔣嵐等人，也均是搖頭，她們只能聽到哀呼叫號，聽不到求饒。

而在唐心訣的聽覺內，教務主任還在殷殷勸誘，不斷強調自己給出的禮物會是多麼珍貴，就算讓學生鬼怪們攢一百年也攢不出的家底。

「是麼？」

在它面前靜靜注視到現在的「時哥」忽然出聲，聲音在空氣中轉瞬即逝，又伴隨著一聲短促輕笑。

唐心訣忽然意識到，這個人也能聽到教務主任的聲音。且在場所有人中，似乎只有他們兩個能聽見。

教務主任仍不死心：「你們不想要嗎？你的朋友應該快活不成了吧，我能感受到他的生命正在傳過來，你們來不及救人，如果我死了他也要死！」

男生卻搖頭：「想拿走妳的東西，未必要和妳做交易。我等了這麼久，也不是為了來和妳做交易的。」

教務主任神色大變，在它厲聲嘶吼中，被學生們敲碎的鬼手重新一個個拼接融合，變成一張扁平的，攀附在牆上的巨大人皮。這張人皮窸窣蠕動著想包裹住整間屋子，宛如將他們吞噬入腹，在自己滅亡前也拉所有人同歸於盡。

「這個Boss比我想的要難纏點。」

珂珂在蔣嵐的幫助下走到唐心訣身邊，喘息著說：「合作一下？」

唐心訣心領神會。

場子暫時交給鄭晚晴、張遊等人控制，唐心訣放開手集中精神力，將它們一點點引導到珂珂身上。

珂珂本身體質很強，但因為異能逆天且沒有限制，導致每次使用都會大幅消耗精神，進入漫長的虛弱期。所以一個副本內要麼完全不使用，要麼只使用一次。

想要在不損害生命根基的情況下二次使用……除非用某種方法，將消耗過的精神補全。

而掌握精神異能的唐心訣，正好可以做到這點。

黑漆人皮還在吞噬，男宿考生們搞清情況後也飛快加入戰場，他們算是弄清一個道理：這房間裡但凡有人形的都是不能動的友軍，沒有人形的都是怪，只有教務主任這個最大怪死了，才能解決一切。

而當解決一切之後……

珂珂睜開眼，眼睛因精神力的灌入而出現了血絲，但這不是她現在關心的問題。

她輕聲開口：「眼見為虛，口言為實。從現在開始，學生鬼魂對妳的傷害將大幅增加，垂死掙扎會失去意義。」

「妳將迎來死亡。」

無論是以人的身分還是鬼的身分，無論是在現實還是遊戲，真正的消無和死亡。

教務主任必死無疑，她們要做的，則是加快這個過程。

教務主任雙眼暴突。

它現在已經看不出人形，渾身上下只剩下一張近乎透明的皮，因重現了所有學生生前慘狀而變得破爛無比。它無聲張開嘴，想怨毒地做出最後詛咒。

一直不聲不響的時姓男生忽然揚起手中金屬，大量霧氣從中噴出，旁人才看清這是個噴霧筒。

被霧氣一罩，教務主任啞了聲音無法再說話。然而這時，圍聚在它周身的女鬼怪們卻停下了攻擊。

似乎有一道看不見的力量落在她們身上，鬼怪彼此對視，又一同看向人類女生。

珂珂已經被攙扶著坐在地上，唐心訣朝它們點頭示意。

於是鬼怪們笑起來，猙獰的身影消失在空氣中。

下一秒，年輕完整的身影走了出來。

女鬼怪們變成了生前的模樣，有人穿著連身裙，有人穿著牛仔服，有人身著漢服襦裙不好意思地調整頭頂簪子……從行李和背包能辨認出，這似乎是她們入學時的場景。

看見這種狀態的女鬼魂，教務主任卻比看見厲鬼還要害怕，眼珠恐懼地瘋狂轉動，身體卻一動不動。它無法動彈了。

來「入學」的學生們發現教務主任，她們又是新奇又是緊張地走過來，問：「這裡就是紅心學院嗎？」

教務主任想否認，嘴卻不受控制地打開，沙沙道：「是的。」

「太好了，我們找的就是這裡……」

女生們笑了起來，她們撿起筆和契約紙，對教務主任說：「我們的入學合約已經不能修改，只好簽畢業合約了，辛苦老師了。」

姜同學從人群中走出來，她穿著青春洋溢的運動服，把馬尾辮揚到肩膀後，然後笑著握筆用力一扎，鋼筆深深刺入教務主任的天靈蓋。

「老師的靈魂，正好用來讓我們簽名。」

「不要，不要——」

唐心訣遙遙看著，目光平和：「張主任，從你們被拉入遊戲變成鬼怪的那刻，就應該預見到今天這一幕了。」

兩邊女生在教務主任的慘叫聲中分別拉住它的手臂，然後用力一拽，就像撕紙一樣把教務主任撕成兩半，裹滿黑色液體的內臟骨骼咕嚕嚕掉落一地，而皮膚則被撕成無數份，密密麻麻簽上了學生們的名字。

裹滿房間的黑漆傾塌，化成膿水，再也沒有半點攻擊力。累累執念，終於得報。

張遊提醒：「我們要離開副本還需要衛生檢查。」

衛生檢查需要來自教務處或學生會、舍監的批准，現在它們都死了，權力自然轉移。

女鬼魂們拍手笑起來：「這還不簡單！」

它們隨手撕下一塊教務主任的皮，皮變成了白板，姜同學大筆一揮——九一七宿舍衛生檢查：滿分！

男寢室考生那邊連忙說：「還有我們！」

姜同學瞥了一眼：「麻煩，等我再找塊皮嗷……」

沒人注意的地方，高瘦男生走到一堆臟器堆積冒泡的位置，在裡面翻找。

唐心訣感覺手臂被七號拉了一把，女生面無表情：「鬼怪 Boss 被澈底擊殺後會爆出道具，誰能拿到就是誰的。」

她們一路見血見肉打通關卡，於情於理也不能讓男宿舍獨吞額外獎勵。

見女生們望過來，男考生頭皮一緊，平頭男生立即撇清關係：「你們要去和時岸搶！我們只想等通關帶受傷室友回去，你們 1V1solo 千萬別波及我們！」

兩邊宿舍大部分的人到這時已經筋疲力盡，全靠意志力強撐著沒有休克，經不起內鬥了。

七號果斷：「我打不過他。」

她對實力的估測一向很準確。

唐心訣又看向其他人，也是同樣態度。

蔣嵐直白說：「如果我們之中只有一個寢室拿獎勵，那應該是妳們。只有妳才有餘力去爭。」

「……」唐心訣笑了笑：「謝謝。」

話音未落，她已閃到教務主任屍體旁，在臟器爆開的瞬間，取走了裡面掉出來的幾樣東西！

男生並不意外有人來爭，只是沒想到被快了一籌。即便他已經占據先機，還是只搶到一半。

他毫不猶豫伸手去奪，唐心訣也反手拍過來，兩人短暫一擊後各退幾步，看清了彼此手中的物品。

男生手中是一瓶血液和一支鋼筆，唐心訣手中則是一捆紅線和一張黃紙。

教務主任身體裡藏著四樣道具，怪不得會被層層保護到最後。

男生看起來並不想放棄剩下的兩樣，噴霧從他手中道具噴出，唐心訣已經屏住呼吸做好準備，卻還是聞到了一股奇異的味道——是一股並不香鬱，反而有些刺鼻的綠茶味。

但隨著霧氣瀰漫，周身卻什麼事都沒發生，即便用精神力查看也是如此。唐心訣皺起眉：「你在淨化空氣嗎？」

男生：「……」

他也沒想到是這種結果，看不太清的面容在霧氣和灰塵中驚訝地挑起眉，同時反應迅速地晃了晃手裡的道具，再噴出來的是液體。藍色液體在空中凝聚成寒氣凜然的冰錐，被唐心訣避開扎入地面又迅速化成薄膜，將近一平方公尺的地方牢牢固定住，地面上參與的黑色液體也在薄膜下轉瞬蒸發。

對方手中是集攻防輔於一體的異能道具，唐心訣了然。除了以噴劑方式使用比較奇特外，其餘屬性都很強，才有爭取的信心。

只可惜馬桶吸盤現在不在手裡。唐心訣將道具收進儲物戒指，雙手握住鐵鍾。

男生目光在極具視覺衝擊力的巨大鐵錘上頓了頓：「……」

他不知道唐心訣為什麼能對噴霧免疫，權衡情況後沒有繼續攻擊，而是開口：「我想要這些道具，如果妳不是非它們不可，我可以用其他道具來換。」

唐心訣笑笑：「在看到這些道具時，我就非它們不可了。」

無論是紅線還是黃紙，都讓她想起一些事情，也隱約明白了男生為什麼對這幾樣掉落物品如此執著的原因。

兩個人的聲音都是溫潤平和的類型，對話聲聽起來一團和氣，宛如老朋友閒聊——如果忽略他們手中武器的話。

或許是空中充斥噴霧水氣，正好抹去了原本漂浮的灰塵，大家終於看清了彼此的長相。

男生目光落在唐心訣臉上，忽地一怔：「……唐心訣？」

唐心訣聞言蹙眉。

她記得平頭叫這個男生「時岸」，但她並不記得自己認識叫這個名字的人。

男生的臉絕不是泯然眾人的類型，唐心訣在記憶中短暫掃了一遍，確認自己不認識他。

時岸還想說什麼，女鬼那邊突然拍出一塊新白板：「弄好了！」

「你們回去把板子掛在寢室外，代表檢查通過，就可以走啦！」

其他女鬼嘰嘰喳喳：「快走吧快走吧，我們也要走啦！」

「我們也要走了，真的嗎？」

「沒錯呀！」

「好耶！」

女鬼們喜氣洋洋地互相交談，完全忽視了考生的存在。

同時同刻，連接另一房間的洞裡跑出一臉焦急的陌生男生：「老龔撐不住了！」

時岸面色一變，轉頭就和其他男生趕了回去。女生這邊，眾人也扶起五號幾人準備離開。

雙方短暫見了一面，來不及過多交流又匆匆分開，各奔通關。

「走吧。」唐心訣不再思索，跟在室友後方殿後。

來時的黑紅兩門重新打開，踏入熟悉走廊，把通知板掛上的瞬間，五號忽然喊了一聲：「對了！我還沒告訴妳我們的名字呢！」

唐心訣應聲轉頭，失重感和黑暗在下一瞬撲面而來。

郭果覺得自己做了一個很長很長的夢。夢的內容她已經想不起來了，只是醒來後嚇出了一身冷汗。

「沒關係，我也經常做噩夢，還夢過自己被害死在宿舍裡，變成了厲鬼呢。」郭果上鋪的小姜同學安慰她，遞過來一包洋芋片：「我偷偷藏的，吃不吃？」

她們學校是一個非常嚴格的野雞大學——紅心學院。雖然學校不怎麼樣，宿舍管理制度卻很嚴格，每週都要大掃除衛生檢查，還不允許私藏零食。每次她們吃零食，都要偷偷藏進書包裡「偷渡」進來。

「欸欸，妳們知道嗎？前幾天有人發現，我們宿舍隔著條走廊就是男宿舍！我們宿舍竟然是男女混宿誒！」

對於這個消息，大部分人的反應不是興奮好奇，而是：學校只有一棟宿舍還是混宿，窮成這樣了嗎？

算了，學校怎麼窮她們都不會意外的，反正學生們已經對這裡失去了希望，只想趕緊畢業。

郭果拒絕了零食，渾渾噩噩起床，吃飯、上課……直到晚上回宿舍，她才想起某些不對勁的地方。

「我們宿舍不是有九樓嗎，為什麼封著？」

一提到這件事，小姜同學臉上頓時浮現羨慕之色：「九樓運氣好，被上面評為優秀，直接提前畢業了，所以才一直封著。唉，我也好想畢業啊！」

不知道為什麼，郭果對畢業沒有那麼大熱忱，她總覺得自己好像有什麼事情要做，每天憂心忡忡，卻又總是想不起來要做什麼。

不過在上學的過程中，她也認識了許多有意思的同學兼室友。例如酷愛運動的小姜同學，脾氣暴躁正義感爆棚又有點結巴的小黃同學，鍾愛頭髮養護的長髮軟妹趙同學，還有熱愛收集漢服、蘿莉塔等衣服的小李同學……

雖然是壅擠的簡陋住宿環境，大多室友都很好相處，大家對郭果很好，郭果卻始終沒那麼開心，總覺得缺了什麼。

她有時會做夢，恍惚間感覺自己應該住在一間四人寢室裡，有三個性格各異的室友。每天早上起床都能看到全校聞名的校花在背英語勸學，最深藏不露的室友眼下偶爾會有淡淡黑眼圈，卻總是不說原因。當她因為找不到東西抓狂時，第三個室友就會奇跡般從某個口袋裡找出能幫忙的備用品，然後推著黑框眼鏡拒絕她感動的眼淚。

當郭果再次醒來，看到冰涼單調的木頭床板，小姜同學從上鋪探出了頭：「妳剛剛怎麼哭了？」

郭果抹了抹眼睛：「我們寢室裡，有姓唐的同學嗎？」

她最終也沒能去找寢室名單，因為走廊背面的男寢室鬧事了。他們和平時魚肉鄉民的學生會發生衝突，因為人頭不夠被鎮壓，於是偷偷在走廊開了個小窗戶來找女生幫忙。

郭果：「……等等，妳們怎麼做到在走廊開窗戶的？」

她的疑問也沒得到回答，等她下課回來，發現室友們已經氣勢洶洶出征回來了，據她們說把學生會打得屁滾尿流，還想解散重組。

她覺得這也挺好的：「反正每天也看不見校方影子，妳們把學生會拆了自己上。」

「算了。」小姜同學出征結束後卻是一副沒有世俗欲望的模樣：「我只想畢業，甜甜的畢業什麼時候能輪到我呢？」

她又說：「唉，我看妳無欲無求的，妳有什麼想要的嗎？帥哥？化妝品？零食？」

郭果想了很久：「……有沒有麻辣雞爪拌優酪乳？」

「算了，當我沒說。」

日子像流水一樣飛快過去，快到郭果幾乎感受不到時間的流逝。

除了偶爾能在樓道轉角看到一個脾氣古怪的老頭，自言自語不知道修理著什麼東西外，生活中好像沒有什麼事物能讓她再感到意外。

直到有一天，郭果像往常一樣回到寢室，卻看到同學們已經打包好行李，站在各自床鋪旁邊笑吟吟看著她。

「妳們要幹什麼？」郭果心中隱隱有一絲預感。

姜同學張開雙手，歡樂地通知：「我們畢業啦！」

「真的嗎？太棒了。」郭果也很高興，她也不想繼續待在這裡了，正要去拿自己的行李，卻看見其他女生拿出了她的背包，開始向裡面一件件放東西。

「雖然我們沒能好好做一次同學，但還是謝謝妳們願意過來陪我們走一遭。」平時輕聲細語的小趙同學鼓起勇氣拿出一個荷包：「這是我自製的，妳們拿著也許以後有用。」

「我們？」郭果還沒反應過來，又見到第二樣東西被放進包裡，然後是第三樣、第四樣——

「這是妳平時最喜歡吃的洋芋片，我都捨不得吃呢！」姜同學塞進去最後一樣，將背包拉上，推過來：「好啦。這就是已經畢業的學姐送給妳們的禮物！」

郭果接過書包，意識到一件事：「妳們畢業了，我沒有嗎？」

「傻瓜，妳當然沒有啦，屬於妳的畢業不在這裡。」

當郭果抬起頭，「室友們」不知何時走到門口，用力朝她揮手。

或許是相處了許久的朋友忽然要分離，又或許是因為只剩下自己一人，郭果眼角泛起陣酸澀，又有些迷茫。

「當然，我們還有最後一個禮物。」

姜同學忽然停住腳步，神情從輕鬆變得嚴肅。

「這個禮物妳可以接受也可以不接受，我們尊重妳的想法。」

「這個禮物是……」女生伸出手：「和我們一起離開。」

郭果重複：「和妳們一起、離開？」

「對。」姜同學露出一口白牙：「如果妳想的話，從現在開始妳可以成為我們的同類，從這裡『畢業』，同時從這條道路上提前解脫，從此再也不用承受不可終日的危險與痛苦。我們可以做到這點，但有且僅有這一次機會。」

「如果妳想繼續，那麼毫無疑問，接下來的路程是艱難的。但如果妳成功了，將會有光明的結局和未來——至少比我們的光明多。」

「所以，妳的選擇是？」

郭果沒聽懂對方在說什麼，但腦海裡又有一個聲音告訴她，她聽懂了。

她遵照那個聲音回答，搖了搖頭：「謝謝妳們，但我還是想在自己的路上走下去。」

至少她還有同伴在等待，所有的危機險阻都有人分擔。

「好吧！那祝妳一帆風順，再見啦！有緣再見！」

女生們用力揮手，逐漸消失在門外。

郭果不自禁跟著她們走出去，走廊裡卻空無一人，所有寢室裡的人影都杳無蹤跡。但寂靜的空氣中，彷彿有人在喚她的名字。

「郭果！郭果——」

她順著聲音走到一樓，在宿舍的大門口看到兩個熟悉的身影。

鄭晚晴和張遊正抱臂站在門口，笑著等她：「妳終於出來了，走，我們該回六〇六了。」

郭果還沒有完全清醒過來，雖然叫不出名字，卻下意識露出如釋重負的笑容。

一、二、三，啊，果然三個人才是她記憶裡的……等等？

郭果睜大眼睛又數了一遍：「一、二、三，怎麼會是三個人？」

記憶在巨大的震驚中衝破牢籠，脫口而出：「訣神呢？」

鄭晚晴和張遊對視一眼：「心訣她還有點事情要處理，現在應該在男宿舍那邊，要晚點出來。但是沒關係，在這種已通關副本裡，應該不會再有什麼問題出現了。」

話音方落，宿舍的大門緩緩合上。

三人：「……」

男宿舍，八樓。

唐心訣推開最後一扇門。

她找的沒錯，對方果然在這裡。

副本的終結將所有人拉入一場大型幻境，又在同一時刻結束。她猜測會在這一刻的男宿舍這邊見到「熟人」，果真被她猜中。

寢室中央的椅子上，時岸慢慢抬起頭直起腰，露出大腿上交錯的雙手，黏稠的血液緩緩流下。

在他腳下，男宿舍的「鬼魂」們以各種形式堆砌在房間裡，死不瞑目。

這一天是畢業日，卻在男宿舍這裡變成了死亡場。

他神情還有些茫然，似乎辨認了片刻唐心訣是誰，認不出來就警惕地抿唇。

「這倒是讓我沒想到。」

唐心訣打量一圈房間，「你還沒恢復記憶……卻在這裡殺光了它們？」

對於考生來說，這場幻夢相當於饋贈。而在臨界的一刻破壞規則，誰也不知道會不會受到反噬。

時岸用沾滿鮮血的手扶住額頭，看起來精神狀態不太好。他漠然回答：「我做了一個夢。夢裡他們對我下手，醒來後我就先動手了。」

「你的室友呢？」

「不知道。」

唐心訣出神地看著地上的屍體，須臾又問：「殺掉它們是什麼感覺？」

「像殺豬一樣，但是它們比夢境裡弱。」時岸每一句都回答的不假思索。

殺豬？

唐心訣扯了扯嘴角：「只要通過這段幻夢，它們就能真正脫離這個副本。它們應該也沒想到，自己會死在最後以人類身分生存的這段時間。」

在這裡殺掉男宿學生，與殺活人不會有任何差別。再加上考生在鬼怪離開前都不會恢復記憶，誰知道會有人因「夢」就決然殺人呢？

時岸沒有反應：「如果妳做過和我一樣的夢，妳也會做出同樣選擇。」

……這句話倒是有點熟悉。

如果她沒記錯，某個叫李小雨的NPC也說過類似的話。

「如果妳見我所見，妳就會理解我。如果妳成為我，妳也會做出同樣選擇。」

彼時，唐心訣並不能完全理解這句話的意義與目的，但現在看到時岸，她卻有了新的猜測。

只是在驗證這個猜測之前，她還有另一件事要做。

她點點頭，「行，既然你思考能力健全，那也不算我欺負弱智。」

時岸：「……」

對戰意的敏感讓他聽懂了這句話。

他下意識抽出武器，睫毛茫然抬起：「妳要做什麼？」

唐心訣言簡意賅：「道具。」

在副本決戰中，兩邊的考生團隊都有急需離開的傷患，因此兩人奪寶也只是一擊即離，並未真正打起來。

既然考試又給了她們第二次見面的機會，自然不能錯過。

時岸眸光頓時又清醒了一點，無聲起身。

交流和談判，是在打不出結果時的手段。而兩人心照不宣，現在能武鬥不必文爭。

他記憶沒有完全恢復，但戰鬥本能是有記憶的。他知道對方可以免疫部分噴霧，因此這次出手不再是綠茶味的噴霧，而是一張沉重大網，在唐心訣抽出武器的瞬間將武器扣住。

鐵錘攻擊性強悍但重量難以揮舞，一旦被扣住就需要翻倍的力量掙開，無異於失去先機。

然而預想中的步驟卻沒有出現——一柄輕盈的武器直接捅穿了羅網，將其一割為二重新化為水霧。霧氣中欺身而上的武器映入時岸眼中，他有些愕然地轉動眸子。

那分明是一把……馬桶吸盤？

唐心訣熟練地轉動馬桶吸盤，熟悉的異能果然比臨時替代品舒服很多，尤其應用在對戰上，修理成功後的馬桶吸盤銳利程度大為增加，可以說是無往不利。

時岸急退兩步，他意識到噴霧的控制技能反而會被唐心訣克制，便果斷反守為攻，按下手中噴劑噴出另一股霧氣，同時一腳踢起地上的椅子。

木椅在霧氣中彷彿被無數把刀切割成碎片，每一個碎片都變成鋒利無比的木刺，鋪天蓋地向唐心訣落下！

木刺沒能落到近身處，一股更加磅礴的氣流從皮撅中呼嚎而出，在尖嘯中將它們盡數掀了回去。時岸念出一句咒語，木刺便噗噗炸成粉末，和著水霧沉濺落地。

不到兩分鐘的幾回合下來，兩人都近不了彼此的身，小傷倒是落了不少。時岸的眼眸越來越清醒，目光複雜地似乎想說什麼，張了張嘴卻再次緘閉。

最後他說：「我想處理一下這裡。」

他指的是自己兩手血汙和滿屋子屍體。

和他對比十分鮮明的是，唐心訣從進屋到現在，身上沒有沾染半點血跡，乾乾淨淨立在原地。哪怕眼裡有如出一轍的冷漠，卻始終給人感覺與這裡涇渭分明。

「好說。」唐心訣笑了笑：「我不是那種趁火打劫的人。」

然後她抱臂站著，沒有半點離開的意思。

時岸垂眸：「……教務處的東西不能給。其他的可以，食物、防禦道具、打折卡……甚至副本資訊。」

唐心訣對他如同割肉的表情感到一絲好笑：「如果不是我能聽懂中文，我可能會以為你說的不是副本資訊，而是能搞死你的祕密。」

時岸嘴角也扯起一絲笑意，但是非常淺：「妳應該比我更清楚，資訊是什麼程度的武器。只有最傻的人才會把它分享出去。」

唐心訣：「所以你大概也不會告訴我，為什麼你認識我了。」

對方不置可否：「妳和我以為的不一樣，我現在無法信任妳……不過沒關係，如果妳能活下去，總有一天會知道的。」

唐心訣點頭：「可以，所以同樣，我也無法信任你。」

時岸嘴角笑意一僵。緊接著，他聽到唐心訣一字一句說：「時同學，我要怎麼信任一個在團戰考試裡殺過隊友的人呢？」

「……」

時岸沒有否認，他知道唐心訣既然說出來，就是篤定了推測。

當然，他也不覺得這有什麼好解釋的，只是漠然地重新舉起武器，這是一瓶約半個手臂長的噴劑，外面裹了嚴嚴實實的黑紙，看不清噴劑上的字眼。

「我不知道妳們那邊是什麼時候進入考試，又是怎麼做的。但在這個遊戲裡，不是每次都會這麼幸運，能遇到真正想合作不帶私心的隊友。上一次妳們的任務可能是合作，下一場可能就是自相殘殺。當然在此之前，殺戮也不需要理由。就像鬼怪殺我們和我們殺鬼怪一樣。」

他露出自嘲的笑容，輕聲道：「從某種角度看，我們和鬼怪的差別，是什麼呢？」

唐心訣沒有回答。

屋內已經凝固在地面的血液緩緩升起，分解成密不透風的血霧，在交戰中被旋轉著扯開，最後潑灑扎入牆壁內，空間如同遭到腐蝕般模糊起來。

時岸的異能強雖強，在唐心訣面前卻沒有優勢。唯有一股不要命的勁頭，彷彿在這裡對戰到死也沒關係。

唐心訣笑了：「你想拉我下水？」

四周沒有室友，也沒有她熟悉的人，她臉上也不再掛著慣常的溫和笑意，而是與時岸一樣面無表情。

甚至從頭到尾，都浸著刻入骨髓的冰冷。

「放棄吧。」打散一隻從辛辣噴霧中凝聚出的虛幻怪物，唐心訣道：「無論你是誰，我們不是同路人。」

時岸睫羽輕顫，臉色澈底沉了下去，嘴角卻反而笑起來：「不是同路人？妳的室友和妳就是同路人嗎？她們知道妳的噩夢嗎？她們知道妳殺人和我一樣不眨眼嗎？她們知道妳……」

「時哥——」

一個模糊的喊聲從門外傳了進來——那是房間的另一扇門，連接著男宿舍的出口。

時岸一怔，後面的話消散在嘴邊。

「時哥——出口快關了你快出來啊——時岸——」

唐心訣挑眉：「那你的室友呢？你們也不是同路人？教務處爆出來的血瓶，是用來救他們的吧？」

時岸靜靜聽著外面的喊聲，殺意和情緒淡了下去。片刻，他在輕輕喘息中取出一支鋼筆。

「算了，是我技不如人。」

他將鋼筆用力擲到門外，在唐心訣閃身接住的瞬間，關閉了房間的門。

「希望我們下次見面時不是敵人。」門內留下一聲嘆息般的告別。

唐心訣對虛空揮揮手：「要求放低點，下次見面是人就行了。」

門內：「……」

踩著大門關閉的最後一刹飛身掠出，拉住室友手臂的瞬間空間破碎，唐心訣只來得及舉起鋼筆展示成果，就重新落入黑暗。

『寢室成員個人評價載入中……』

『姓名：唐心訣。』

『關卡：《衛生突擊檢查》。』

『輸出：27%。』

『抗傷：2%。』

『輔助：12%。』

『有效得分：9分。』

『解鎖成就：15個。』

『最終評價：考場紀律維護者。』

『偏科助力計畫進行中，助力積分＋30。』

看到新的個人評價，唐心訣心頭一跳。

原本總是填充「輸出」、「打野」、「MVP」等名詞的最終評價被新的定義取代……考場紀律維護者？

睜開眼的第一時間她就從書桌前彈起，想和室友討論這件事，結果得到了無情鎖喉。

張遊難得咬牙切齒：「最後一秒！妳知道多危險嗎！」

如果差這一秒出不來，難道要永遠留在副本裡面嗎？

唐心訣：「我心裡有數……我喘不上氣了。」

張遊：「妳有個鬼！」

唐心訣莞爾：「鬼是沒有，新稱號倒是有一個。」

她向室友展示自己的個人評價，張遊愣住：「那我看看自己的。」

張遊打開手機，上面赫然顯示：打野型輔助。

張遊：「……」

她這輩子就無法離開打野這個詞了嗎？

第十一章　考場紀律維護者

四人把各自評價全部核對了一遍，發現竟只有唐心訣的評價產生了變化。

「不對啊，按照上一場考試的表現，MVP肯定還是妳的。怎麼會出意外呢？」郭果撓破頭也想不明白。

MVP象徵的不僅僅是個稱號，還是雙倍積分的豐厚獎勵，一旦沒了這個獎勵，整個寢室得到的積分至少會少四分之一！

「那就先看看積分吧。」

唐心訣倒不太著急，調出了這次的寢室考試成績。

『考試完成度：100%。』

『寢室成員存活率：100%。』

『寢室完整度：10%。』

『基礎得分：60分。』

『本次考試你們的總共得分為75（滿分100），評價等級為：良好。』

『你們獲得的C級考試獎勵為（團體X2）：每位宿舍成員獲得4學分，16學生積分，健康值上限增加15，四維體質分別隨機增加2—4分。』

『首次通關團體考試，額外獲得比賽邀請函*1。』

『在團體考試中獲得良好及以上分數，獲得比賽復活卡*1。』

「比賽邀請函？」

「復活卡！」

「我們這次怎麼只有七十五分？」

除唐心訣外的三人同時出聲，每人注意到的重點都不同。

唐心訣則著重數了下積分：「我這次得到的積分為三十二分，是正常得分的兩倍，所以應該依舊是ＭＶＰ。」

只是不知道為什麼，這次的ＭＶＰ稱號不顯示了，反而被「考場紀律維護者」取而代之。

「那就好那就好，要不然我們在這麼難的副本裡摸爬滾打到通關，最後拿到的積分還不夠吃飯的就慘了。」

郭果非常好滿足地鬆一口氣，摸了摸自己腦袋。

張遊欲言又止：「果啊……妳先別摸了。」

郭果：「怎麼了？」

她疑惑地抬頭，忽然意識到自己腦袋上依舊有種涼颼颼的感覺。

「……」

郭果深吸一口氣，然後猛地衝到洗手檯鏡子前，對著頭髮一陣猛照後，爆發出一聲慘叫：「我頭髮怎麼還是禿的啊！」

很顯然，副本最後的幻夢修復了她們的傷，但是沒有修復她在副本裡被刮掉的頭髮。

張遊安慰她：「可能姜同學她們覺得這算是妳個人特色，又沒涉及身體傷害，所以就沒改回來吧。」

郭果欲哭無淚：「精神傷害也是傷害啊，我不想要這種個人特色！」

她只想要頭髮，那麼大一捧烏黑茂密的頭髮啊！

就在郭果崩潰時，唐心訣將成績單重看了一遍，得出結論：「考試得分比從前低的原因，可能是因為考試本身的特殊性。」

張遊：「特殊性……因為是團體考試？」

女宿考場總共有十六個人，分攤到每個人的貢獻值上，就連唐心訣也只能拿百分之二十多的輸出。按照這個比例換算成績，每個寢室能拿到的分數自然就降低了。

唐心訣：「團戰只是其中一個因素，大概還是因為這次副本不是由我們獨立完成的。」

正常來說，像「衛生檢查」這種一次性的特殊副本只會誕生一場考試，考試通關副本也會隨之消亡。但由於最先進入的男考生出了點問題——他們既沒有通關也沒有團滅，而是卡在了副本裡。

這就導致女宿舍眾人進入的時候，兩場考試被迫合二為一。儘管最後成功通關，雙方卻都沒拿到全部步積分。

從這個角度看，大家一樣爛。四人頓時平衡多了。

解釋完，唐心訣笑笑：「我們的分數在所有寢室中，可能已經算高的了。」

「太坑了，團體考試都這麼坑嗎？」郭果打了個哆嗦：「那以後我們還是繞道走吧。」

雖然能遇到遊戲裡其他共患難的同學是件好事，但相對應的考試危險性也大大提高了。如果非要二選一，她還是寧願和三個室友一起宅著自閉通關，至少難度能相對安全點。

「想法很美好，現實恐怕有點困難。」唐心訣拍拍郭果肩膀：「按照現在遊戲給出的規則，接下來我們要面對的考試副本，很可能會越來越難。」

每一次通關帶來的身體強化和積分，都讓她們的實力愈發強大。哪怕是體質最弱的郭果，也從最開始面對鬼怪大腦空白，到現在能一口氣撐完整個「衛生檢查」副本。就算現在把她單獨放回最初的「宿舍文明守則測試」，面對小紅也有自保之力。

但與此同時，她們的通關過程卻沒隨著實力增強而變得輕鬆，次次都要實打實掉層皮才能回來。

哪怕考試等級依然是B級C級，眾人也能察覺出，考試越來越難了。

「一開始是系統混亂等級出錯，然後是高等鬼怪闖進考場，現在又是團體戰……」張遊細數一路以來的副本，越數越覺得不可思議：「遊戲到底有多少種抬高我們考試難度的方法？」

要是所有人都這樣也就算了，通過上一場的歐若菲等人可知，明明她們面對的考試還算正常難度，甚至運氣好點可以躺著通關，怎麼到了她們這，就彷彿不搞死考生不甘休一樣？

再強的寢室也經不起這麼虐吧！

鄭晚晴憨憨安慰：「往好處想，萬一只是我們單純倒楣呢？」

張遊皺眉：「不要和唐心訣學冷笑話。」

鄭晚晴：「……」

唐心訣：「……」

她輕咳一聲：「總之，接下來無論是單獨寢室考試，還是團體合作考試，亦或是寢室之間對抗……我們都要做好心理準備了。」

為了通關，為了畢業，為了活下去。

靜默片刻，鄭晚晴率先打破寂靜：「對了！妳們注意到了嗎，比賽邀請函是什麼東西？」

張遊解釋：「遊戲規則裡寫過，每週一到週五是考試時間，週六、週日則是休息時間，在休息日裡，符合比賽進入條件的學生可以選擇參與比賽。」

而比賽邀請函，顯然就是條件之一。

郭果倒吸一口涼氣癱在椅子裡：「我以為週一到週五每天拚命通關已經夠痛苦了，卻忘記了週六、週日還有比賽？」

還能不能給考生一點生存空間了？

眾人點擊手機螢幕上跳躍不停的獎勵字眼，書桌上瞬間多出來一張鍍金的黑色邀請函，「誠摯邀請」四個血紅大字下方，赫然標著「大學城聯合教務處」的落款。

唐心訣瞇起眼睛：「教務處……對，我差點忘記這件事。」

下一秒，她打開客服諮詢：『大學城教務處假公濟私濫用職權，以交換生為名義將學生送到無證營業的野雞大學，合規合法嗎？』

空氣靜默片刻，郭果幽幽道：「訣神，我現在大概明白妳的評價稱號是怎麼來的了。」

『大學城教務處假公濟私濫用職權，以交換生為名義將學生送到無證營業的野雞大學，合規合法嗎？』

面對這一問題，客服沉默兩秒：『同學要檢舉嗎？』

唐心訣：『問問而已。』

客服：『……』

花學分叫人工客服，殺氣四溢數完罪狀，就是為了「問問」？

休想騙它，它已經不再是第一次遇到唐心訣的傻白甜了！

於是客服十分警惕地回答：『規則已發生更改，檢舉與諮詢功能分離。諮詢請按1、檢舉請按2。』

唐心訣：『諮詢和檢舉一起呢？』

客服1號：『需要消耗2學分。』

圍觀的六〇六考生大受震撼：「這還可以漲價？」

從前只需要花一學分就能完成的流程現在直接翻倍，堵考生嘴的目的簡直昭然若揭。

唐心訣略微思忖：「瞭解了。」

然後她按了1鍵。

客服1號『……如果你現在反悔，可以撤銷指令且不扣除學分。』

唐心訣：『1。別讓我再說第三次。』

在唐心訣堅決的態度下，客服終於不情不願扣了學分：『關於你提出的問題，已經移交大學城教育中心查找，目前沒發現相關規則與前例。』

唐心訣迅速追問：『是以前沒人檢舉過教務處，還是教育中心的權力無法影響教務處？』

客服再次陷入沉默。

唐心訣沉氣等待，室友也意識到什麼，聚精會神地盯著客服畫面等答覆。

或許接下來客服回答的資訊，才是最關鍵的地方。

過了半晌，螢幕彈出答案：『大學城一切有關單位，均隸屬於教育中心管轄範疇。教育中心檔案暫無相關檢舉記錄。』

成了！

唐心訣勾起嘴角：『2，我要檢舉。』

當唐心訣結束控訴，最後一句話也顯示已被接收。郭果三人恍惚間感覺真的見證過一場來自兩個「教務處」之間的陰謀交易，而她們就是被作為犧牲品送出去的小可憐。

雖然一面未見，大學城教務處在她們腦海裡的形象已經赫然變成了一群陰森奸詐的中年人。

郭果恍恍惚惚問：「訣神，大學城教務處真的這麼危險嗎？」

她們可不是副本裡已經脫胎換骨的學生鬼，一旦落到處於支配地位的教務處手裡，豈不是變成了砧板上的魚肉？

唐心訣關掉客服對話：「一半是猜的一半是編的，別放在心上，沒什麼參考價值。」

郭果：「……」

張遊思緒延申到較遠的地方，有些擔憂：「那妳這樣做，會不會被教務處記仇？」

就像之前被唐心訣初次檢舉的《四季防護指南》考試一樣，這門課的老師已經記恨檢舉者到了滿大學城懸賞通緝的程度。雖然是匿名檢舉，但以鬼怪之間的資訊流通度來看，唐心訣的身分很可能已經被知曉了。

唐心訣不假思索：「如果檢舉成功，那是肯定的。」

「但我們不檢舉，就會被放過嗎？」她話鋒一轉，笑道：「就像我剛剛和客服說的那些，無論教務處是否帶著惡意，它都把我們送進了一個危險到極點的副本裡。它可以這麼做一次，就可以這麼做第二次、第三次。等哪天我們真的死在副本裡了，對它們也不會產生任何影響。」

她們的生命，在遊戲中彷彿渺小的螻蟻，被碾碎也悄無聲息。

「所以，我們本來已經是最弱勢的學生，難道還不能反向薅一薅規則的羊毛了？」唐心訣攤手：「薅到就是賺到，薅不到也不虧，大不了下次換個對象。」

積分、道具、屬性……這些生存最重要的資源，如果老老實實等遊戲發放，她們變強的速度永遠比不上遊戲的難度。

事實已經證明，她們要做的不是等，而是和遊戲搶——活路不是等出來的，而是搶出來的！

更何況債多不壓身，她現在就像一個插滿了箭頭的靶子，高階鬼怪標記還在識海飄著呢。就算被檢舉的對象要尋仇，也要先排隊再說。

「……」

好傢伙，好傢伙。三人對這種雁過拔毛的行徑無言以對，甚至開始覺得十分有道理。

這種感受，在她們看到唐心訣拿出的「副本收穫」時，達到了巔峰。

「等等，為什麼同樣是被NPC送禮物，妳有兩個麻袋，我只有一個背包？」

郭果睜大眼睛，對自己此刻看到的景象發出了來自內心的疑問。

已經知道，副本結尾以「紅心大學學生」身分生活的幻夢，是她們每個人都經歷過的，只不過身處夢中看不到彼此。而在幻夢結束之際，姜同學等姐妹可以說是十分大方，送了滿滿的「畢業禮物」給每人。

這些禮物隨著副本通關而一同帶回寢室，四人手中各有不同。

像郭果背包裡的大部分都是零食，剩下的就是眼罩、耳塞、荷包等小東西，經唐心訣技能鑑定，這些小物件都有微弱的保護力量，在面對鬼怪時可以起到心理安慰作用。

郭果：「……雖然不想承認，但確實和我比較符合。」

張遊背包裡則裝了許多功能性用品，幾乎把副本裡見過的清潔用品全部帶了回來，拿出來幾乎占滿了整個洗漱區。

張遊陷入沉思：「遊戲裡以後會有二手交易市場嗎？」

鄭晚晴拉開書包拉鍊，一對碩大的拳擊手套把裡面塞得滿滿，間隙裡是皺巴巴的《健身指南》，被她愛不釋手地收藏起來，決定今晚就練習。

而最後到了唐心訣時，幾人被從天而降的兩個大麻袋砸傻了。

這兩個大麻袋，任意一個都有三個背包的容量，更別提被塞到爆滿的體積。不像是剛剛收的禮物……更像是把宿舍掃蕩了一遍。

郭果高呼不公平：「這差別對待也太嚴重了吧！」

張遊則憂心忡忡：「心訣，妳沒有對姜同學她們動手吧？」

鄭晚晴更加直白：「妳去搶劫了？受傷了嗎？」

唐心訣莞爾：「沒有動手，也沒有搶劫。我只是在送禮環節和她們友好交流了一下。反正她們畢業之後正式成為遊戲ＮＰＣ，這些小道具都是身外之物，我就都收集回來了。」

「正式成為遊戲ＮＰＣ？」張遊捕捉到這個詞：「妳是說，姜同學她們以後就會像小紅一樣，在各種副本裡專業當鬼怪了？」

唐心訣一邊拆麻袋一邊點頭：「可以這麼說。還記不記得九樓消失的那些學生？她們就是在副本剛剛形成時被遊戲召走了，所以我們在裡面才找不到她們的蹤影。」

兩個大袋子被拆開，看著琳琅滿目堆滿地面的「禮物」，眾人才終於有種盆滿缽滿的真實感。

從鍋碗瓢盆到門鎖、床簾、雨傘、燈泡，幾乎能組裝出一整個寢室。連唐心訣拾起一塊安全鎖掂了掂，也忍不住咂舌：「都是附魔的。」

她們這一波簡直相當於空手套了遊戲商城裡無數廉價道具，把寢室重新裝潢一遍都綽綽有餘的那種！

就在眾人還沉浸在「賺翻了」的感慨中時，張遊已經默不作聲戴上手套，開始組裝物品。

面對室友投來的目光，張遊言簡意賅：「裝潢。」

眾人：！

寢室完整度，也是評判考試得分的重要因素。

以往隨便來個鬼怪，都能把她們寢室搞得天翻地覆，宛如守塔遊戲被對方空降復活點，十分屈辱且沒有安全感。

現在好不容易有了材料，她們這間小破寢室，也該鳥槍換大炮了。

第十二章　寢室翻新

如果搞真正意義上的裝潢至少需要一個施工團隊。僅靠四人手裡的材料和工具是肯定不夠的。更不用說她們幾乎不瞭解裝潢相關知識——但是張遊有辦法。

用十五分鐘將所有材料分門別類，張遊拿起工具開始拆卸，又用十五分鐘將所有東西都拆成最小的零件後，她開始重新組裝。

鎖頭加上金屬鏈，就變成寢室門第二道安全鎖。多餘床單包裹住廢舊金屬管黏合烤乾，吹乾後搭配上下滑輪，就變成兩道簡單拉門。哪怕寢室門窗被衝破，也可以起到第二層緩衝作用。

床簾是必須升級的最後一道防線。姜同學一干鬼大約是好面子，贈送的床簾床帳都是全新完整的款式，也導致根本不夠分成四床。

眾人便在張遊現場教學下，按照比例把床簾裁剪開，舊床簾填充進去撐大，雖然最終視覺效果有些非主流，卻最大程度上保存了防護力量。

張遊還別出心裁拆掉幾個鈴鐺飾品，沿著床鋪四邊拉出四條隱蔽的細線，再把鈴鐺掛在角落裡，每個鈴鐺都連接著她的危險提醒器。這樣一旦有鬼怪靠近，鈴鐺就會提醒躺在床上的人，防止她們在睡夢中受到襲擊。

防禦部分搞完眾人累得滿頭大汗，張遊卻一轉頭拿起錘子和扳手，踩著椅子爬到門口的兩個櫃子上。

郭果不敢置信：「還要繼續拆？」

張遊一錘定音：「繼續拆！」

兩個櫃子原本的功能只有儲存，自從《四季防護指南》副本過去，它又多出了一項新功能：藏人。

四人在裡面擠過一遭，因此明白其中不便之處：空間小、不透氣、防禦能力差、不隔音、不方便觀察外界情況等等。

想要把它們變成最後的「堡壘」，就必須從頭到尾進行改造。

「妳們先研究洗漱區，衣櫃這邊交給我和張遊。」唐心訣把不知如何下手的兩人打發到另一邊，和張遊埋頭低語半晌，敲定好方法後就開始拆家——真刀實槍的拆。

並不結實的木櫃在咚咚敲擊和嗡嗡切割下很快就變成大小不一的幾部分，裝潢噪音之大，連走廊裡巡邏的腳步聲都在門口徘徊半天，不知道是不是懷疑屋內學生瘋了。

等嶄新的櫃子被組裝完畢，兩人拉開門進行測試時，跑過來觀看的郭果和鄭晚晴同時倒吸一口氣。

只見原本向外單開的櫃門，內部不僅增加了可以鎖住的卡榫，還用淘汰下來的舊窗簾做出厚厚的隔音罩。內部原本用來放衣服的夾板被打通更改形狀，成為可以攀爬到頂端，再從櫃子頂部的「天窗」跳下去的設計。

張遊猶自遺憾：「只可惜空間和材料都有限，無法把它們改造得大一點。也無法增加移動的滑輪裝置。」

郭果咽了咽口水，由衷感嘆：「遊姐，妳下次和我說要把它們改造成車我都信了。」就算說要改成核潛艇和火箭她也會信的！

鄭晚晴興奮起來：「可以嗎？我也想學！」

和郭果累到抬不起手指不同，鄭晚晴對裝潢事宜充滿熱情且精力充沛，幾乎每看到一項工程就飛快擠到最前面舉手——然後被張遊和唐心訣無情拒絕。

「不行，晚晴妳力氣太大收不住，容易把工具弄壞。」張遊搖頭：「精細的工作不適合妳。」

鄭晚晴扁起嘴：「那我幹什麼。」

郭果弱弱探頭：「那個，大小姐，妳要是還有力氣的話，幫我抬一下椅子唄？」

由於沒有刷漆工具和鋪磚工具，這場簡易裝潢的最後一步，變成了地面鋪裝防護。

鑑於《經典電影鑑賞》副本中，從牆壁和地面伸出的血手與血手印給幾人留下了不淺的印象。她們將包括四張床鋪在內的主要活動區域所在地面全部多鋪了一層「地毯」，然後斥十積分鉅資在商城買了一瓶「聖水」。

郭果把吊墜放到聖水裡攪拌，等到聖水變成紅色才小心翼翼拿出來：「沒想到我學的驅魔技能第一次有用武之地竟然是在這裡。」

在上個副本裡一直沒時間使出繁瑣的驅魔招式，她還獨自遺憾，這點情緒現在全部轉化成了緊張。

聖水被均勻灑在地毯上，郭果蹲在地上緊跟著畫驅魔符號。在只有陰陽眼能看見的地方，一個個符號相繼閃爍起微弱的光芒，郭果終於大鬆一口氣：「成功了！」

下次哪隻鬼想從地下鑽上來，她把它們腦袋拔下來裝在地面當夜燈！

夜晚十一點。

忙碌一晚上的四人結束了這場「裝潢」，當她們終於好好喘口氣打量四周，發現寢室已經悄然間變了模樣。

柔和的燈光從天花板揮灑下來，布藝拉門上的小夜燈在牆壁倒映出星光般的光環。全新上崗的床簾模樣各異，各種衣服和道具掛在四座床鋪相連的「橋樑」上，把所有床連在一起，再也不用擔心分散受困的情況。

也許不算太好看，卻讓四人的胸腔滿溢成就感。

「欸欸，大小姐看到了嗎，妳床簾上那個美女是我畫的哦！」

郭果一邊啃餅乾一邊捅鄭晚晴。

鄭晚晴茫然地眨眨眼：「那不是一頭豬嗎？」

郭果：「……妳晚上不要上床了，在下面趴桌子睡吧。」

鄭晚晴正色：「趴桌子睡覺對腰椎不好，妳是不是熬夜老毛病又犯了？」

郭果：「……別和我說話，我累了。」

這點說的倒是真的，她們確實累了。

洗漱完畢吃飽喝足，時間已經逼近零點，睏倦湧上大腦。眾人甚至來不及再商量從商城購買強化和抽獎等問題，就先後沾床鋪進入夢鄉。

反正明天是週末，剩下的事情就交給明天再說吧。

『叮叮咚、叮咚叮、叮叮咚叮咚——』

一陣似遠似近的音樂聲，悠悠飄進考生酣睡的耳畔。

『週一我背起書包，快快樂樂來上學。』

『週二我提起紙筆，認認真真去考試。』
『週三我拿到成績，老師誇我好孩子。』
『週四我努力深造，升高年級好開心。』
『週五我呼朋引伴，大家一起來這裡。』
『美好週末到來了，我應該幹什麼呢？』
『親愛的同學醒一醒，你的週末要做什麼呢？』
從夢中驚醒的瞬間，鄭晚晴還以為是昨晚電視沒關，被奇奇怪怪的聒噪節目吵醒了。
但當她抬起頭，卻發現電視螢幕平靜地閃著雪花，房間裡一片寂靜。
那剛剛的歌聲……是她在做夢？
鄭晚晴困惑地轉頭，目光隨之一凜：唐心訣不知何時從床上坐了起來，正在查閱手機。
見室友望過來，唐心訣晃了晃手機示意，讓她看APP上的內容。
只見考試介面，原本的考試資訊已經變成一片空白，只剩下一行字：
『親愛的同學，週末快樂！在這美好的休息日中，你收到了《宿舍友誼聯賽》邀請函，是否接受比賽邀請？』
『是／否。』

床鋪響起吱呀聲，張遊和郭果也相繼甦醒起身，看到了這消息。

……友誼聯賽？

「我們猜的果然沒錯。」

唐心訣翻身而下，走到陽臺窗前：「週五突然出現的團體考試，恐怕為的就是讓我們提前適應這模式。」

寢室間有合作，自然也有比賽……或者對抗。

閃爍著雪花的螢幕忽然震動起來，滋啦滋啦閃現出長舌無鼻鬼的臉。它這次格外鄭重地戴了頂紅色帽子，按下工作鈴後尖細嘹亮地大笑：『歡迎來到每日新聞週末特別版！美好的大學城比賽日開始啦！』

在長達十幾秒的聒噪大笑後，無鼻鬼終於咳嗽著給自己灌一口水，清了清嗓子：『咳咳，那麼讓我們來看看，目前進入賽場的寢室有哪些呢？』

『首先是在大學城最受歡迎的《宿舍大亂鬥》！僅需要三學分即可參加，目前已入場寢室數量是……零！』

無鼻鬼聲音一頓，『沒關係，讓我們來看看第二場考試，也是同樣寄託了居民們期待的《宿室友誼聯賽》，報名本場比賽只需要兩學分，已入場寢室數量是……零？』

無鼻鬼擦了擦腦門上的汗，『沒關係，沒關係，我們還有第三場考試《新生挑戰賽》，僅僅需要一學分，沒錯，僅僅一學分……哦！已經有兩個寢室加入了！』

主播頓時喜笑顏開：『想必大家都知道，只要同一教學區內寢室參與數量達到十，即刻準時開始比賽。參賽獎品十分豐厚，獲勝後更是有超級驚喜大獎，還沒有參加的同學們抓緊時間，千萬不要錯過哦！距離比賽開始還有倒數計時——』

唐心訣在播報聲中看向手機時間，指針正好來到七點三十分整。

電視機準時播報：『還有倒數計時——三十分鐘！』

身後窸窣幾聲，所有人已經在最快速度內收拾完畢，四人聚在一起面面相覷。

張遊扶了扶眼鏡框，問出最重要的問題：「怎麼樣，我們參加嗎？」

——《宿舍大逃亡04衛生突擊檢查》全文完——

——敬請期待《宿舍大逃亡05宿舍友誼聯賽》——

高寶書版集團
gobooks.com.tw

YS 044
宿舍大逃亡 04 衛生突擊檢查

作　　者　火　茶
責任編輯　吳培禎
封面設計　單　宇
內頁排版　賴姵均
企　　劃　何嘉雯

發 行 人　朱凱蕾
出　　版　英屬維京群島商高寶國際有限公司台灣分公司
　　　　　Global Group Holdings, Ltd.
地　　址　台北市內湖區洲子街88號3樓
網　　址　gobooks.com.tw
電　　話　(02) 27992788
電　　郵　readers@gobooks.com.tw（讀者服務部）
傳　　真　出版部(02) 27990909　行銷部 (02) 27993088
郵政劃撥　19394552
戶　　名　英屬維京群島商高寶國際有限公司台灣分公司
發　　行　英屬維京群島商高寶國際有限公司台灣分公司
法律顧問　永然聯合法律事務所
初版日期　2025 年07月

原著書名：《女寢大逃亡》由北京晉江原創網絡科技有限公司授權出版。

國家圖書館出版品預行編目(CIP)資料

宿舍大逃亡. 4, 衛生突擊檢查 / 火茶著. -- 初版. -- 臺北市：英屬維京群島商高寶國際有限公司臺灣分公司, 2025.07

冊；　公分. --

原簡體版題名：女寢大逃亡

ISBN 978-626-402-306-1(平裝)

857.7　　114009349